Tschechische Märchen

Vitalis

Tschechische Märchen

Eine Auswahl der schönsten Volksmärchen
von Božena Němcová und Karel Jaromír Erben

deutsch erzählt von Alfred Waldau

Mit Illustrationen von Lucie Müllerová

Vitalis

Bibliographische Informationen der Deutschen Bibliothek. Die Deutsche Bibliothek verzeichnet diese Publikation in der Deutschen Nationalbibliographie; detaillierte bibliographische Angaben sind im Internet über http://dnb.ddb.de abrufbar.

Hergestellt in der Europäischen Union.
ISBN 978-3-89919-062-5

www.vitalis-verlag.com

Inhaltsverzeichnis

Zum Geleit

Der vorliegende Band präsentiert eine Auswahl der schönsten tschechischen Märchen, die – lange Zeit nur mündlich überliefert – seit Jahrhunderten entzücken, begeistern und für wohlige Spannung sorgen. Daß diese Märchen nicht verloren gingen, ist vor allem ein Verdienst Božena Němcovás, der bedeutendsten Prosaschriftstellerin Böhmens, und Karel Jaromír Erbens, des romantischen Dichters der tschechischen Nation, die, ähnlich den Gebrüdern Grimm im deutschsprachigen Raum, den Märchen- und Sagenschatz ihrer Heimat sammelten.

Obwohl die in diesem Buch erzählten Volksmärchen in ihren Handlungssträngen und Motiven an manch Bekanntes aus anderen europäischen Sagen und Fabeln erinnern, bestechen sie doch durch einen ganz eigenen, fremdartigen Reiz. Darüber hinaus bieten sie interessante Einblicke in altslawische Mythen, Sitten und Bräuche. Der über allem schwebende Hauch von 1001 Nacht ist vermutlich den böhmischen Kreuzrittern zu verdanken, die auf ihren Kreuzzügen ins Morgenland mit exotischen Kulturen und fremden Völkern in Berührung kamen. Mit den Schätzen, die sie aus dem Orient heimtrugen, brachten sie auch allerhand Geschichten als „kostbare Beute“ an die Moldau, wo man die Stoffe dann in einheimische Gewänder kleidete und mit lokalem Kolorit versah.

Märchen wie *Die drei Spinnerinnen*, *Die Prinzessin mit dem Goldstern auf der Stirn* oder *Der Feuervogel und der Feuerfuchs* bezaubern deshalb sowohl junge Leser als auch interessierte Erwachsene – ob bei der Lektüre zur eigenen Unterhaltung oder beim gemeinschaftlichen Lesen vor begeisterten kleinen Zuhörern.

Möge dieses Märchenbuch im Sinne Alfred Waldaus, der die Märchen übersetzte und 1859 in Prag erstmals in deutscher Sprache veröffentlichte, auch in unserem Jahrhundert „von freundlichen Seelen beschützt, diese glücklich erreichen!“

Die schwarze Prinzessin

nach Božena Němcová

Irgendwo in einem fernen Lande wohnte am Meeresstrande ein sehr armer Fischer. Eine kleine Hütte, ein Kahn, einige Netze bildeten sein ganzes Vermögen. Aber trotz seiner Armut lebte er mit seinem Weibe in Frieden und Eintracht. Sein einziger Wunsch war, daß ihn Gott mit einem Erben beschenken möge, doch dieser Wunsch blieb bisher unerfüllt.

Einstens befahl ihm der König – er mußte nämlich für die Hofküche den nötigen Vorrat an Fischen liefern –, daß er so schnell als möglich eine Menge von Fischen, und zwar der allergrößten, fange, weil eine große Zahl von Gästen anlangen werde. Ein schöner Lohn ward ihm zugesagt, falls er die Fische bald brächte, falls nicht, sollte ihn eine schwere Strafe treffen. Der Fischer kannte den König genau, daß dieser bei allen Anlässen sein Wort zu halten pflege, und deshalb zauderte er nicht, nahm die Netze, sprang in den Kahn und begab sich auf die hohe See. Einige Stunden lang fischte er bereits, ohne jedoch ein einziges Mal das Netz voll emporgezogen zu haben. Einige wenige kleine Fischchen, das war sein ganzer Fang. Verdrießlich warf er sie wieder ins Meer zurück und wollte sie nicht einmal für sich zum Nachtessen behalten. Schon beschlich ihn die Angst; der Abend senkte sich herab, und er hatte noch keinen einzigen großen Fisch, und doch umschwamm ihn, nicht anders als wie zum Trotze, eine ansehnliche Menge derselben; wie er jedoch das Netz ausbreitete, waren sie dahin und kamen sämtlich erst auf der anderen Seite wieder zum Vorschein. „Da seid ihr ja alle wie verhext", sagte er mit fast weinerlicher Stimme, nachdem er wieder das leere Netz emporgezogen hatte. „Ich fische bereits eine hübsche Reihe von Jahren hindurch, aber dies ist mir noch niemals begegnet. Was soll ich anfangen? Ich habe auf einen Verdienst gehofft, aber wie ich sehe, werde ich eher gestraft."

„Leichte Hilfe, Freund", ließ sich jemand hinter ihm vernehmen, und wie er sich ganz erschrocken umblickte, sah er hinter sich einen ganz schwarzen Menschen stehen. Der Atem ging ihm aus, und ein Frost überrieselte seine Glieder, als er seine Augen auf den Mann heftete, der sich so ganz und gar unverhofft in dem Kahne befand, als wäre er vom Himmel herabgefallen.

„Weshalb fürchtest du dich vor mir?" sprach dieser, den Schrecken des Fischers bemerkend. „Ich mache dir ja nichts zuleide. Bin ja gekommen, dir zu helfen, doch nur unter der Bedingung, wenn du auch meinen Wunsch erfülltest."

Der Fischer war froh, daß der böse Geist, wofür er den neuen Gast hielt, in einer so guten Laune sich befinde und versprach alles, was in seiner Macht stände, zu tun, wenn jener helfen würde.

„Gut“, antwortete der Schwarze, „im Augenblicke wirst du so viele der schmackhaftesten und größten Fische haben, als ihrer nur der Kahn fassen kann, wenn du mir das gibst, wovon du nicht weißt, daß du es zu Hause hast.“

„Ei, das geb' ich Euch gern“, sprach ohne langes Besinnen der Fischer, denn er hatte nur sehr wenige Gerätschaften, und deshalb konnte er leicht von allem wissen.

„Ich will mir es also nach zweimal sieben Jahren holen.“

Hierauf nahm der schwarze Herr das Netz zu Hand, und kaum hatte er es ins Meer gesenkt, so zog er es schon, mit den besten Fischen gefüllt, heraus. So machte er es dreimal und verschwand.

Der Fischer war vergnügt, auf so leichte Art aus seiner Verlegenheit gekommen zu sein, freute sich im voraus über seinen guten Gewinn und beeilte sich, nach Hause zu kommen. Seine Frau erwartete ihn bereits, und wie sie den Kahn noch in der Weite erblickte, bereitete sie gleich ein schmackhaftes Nachtmahl, damit der Mann nach der Arbeit sich stärke. „Das war ein gesegneter Fang“, sprach sie, als der Fischer ans Ufer stieß und sie ihm die Fische herauszunehmen half. „Aber ich habe genug Ängste ausgestanden, wie es dir ergehen würde, denn der König hat bereits zweimal anfragen lassen, wann du zurückkommst.”

„Wohl war mir etwas ängstlich zumute, liebes Weib; ich denke aber, der König wird zufrieden sein.“ Hierauf brachte er alles in Ordnung, und nachdem er zu Nacht gegessen, legte er sich zu Bette, um zeitlich früh mit seinem Fischvorrat zum Hofe zu gehen. – Der König, der bereits zu fürchten begann, daß die besten Gerichte bei der Tafel fehlen würden, hatte eine große Freude, als der Fischer früh mit so herrlichen Fischen anlangte, und entließ ihn mit einer guten Belohnung. Der Fischer wollte nun seiner Frau einmal auch eine Freude bereiten und kaufte ihr einen hübschen Weiberrockstoff, womit er sie nicht wenig überraschte.

„Weil du so freundlich meiner gedacht hast, muß auch ich dich mit irgend etwas erfreuen“, sagte die Fischerin, worauf sie dem Manne offenbarte, daß ihr vieljähriger Wunsch erfüllt worden sei. Allein der Fischer freute sich darob nicht so sehr, wie seine Frau vermutete; er erinnerte sich des gestrigen Tages und erkannte erst jetzt, was ihm der Schwarze hinterlistig entlockt habe. Um aber nicht die arme Mutter zu betrüben, wollte er es mit keinem Worte erwähnen und verschloß, so schwer es ihm auch ankam, die Trauer in seinem Herzen.

Binnen kurzem verstrich die bestimmte Zeit, und die Fischerin gebar ein Söhnchen. Der Knabe war so allerliebst, daß auch der Fischer in innige Freude geriet und seinen Harm einigermaßen vergaß. Nicht lange währte es, so geleitete der heranwachsende Knabe den Vater an den Meeresstrand und sammelte die schönen Muscheln, die dort lagen. Als er größer war, half er ihm beim Flechten der Netze, und mehrmals gelang es ihm sogar schon, daß er allein der Mutter ein Nachtmahl besorgte. So verflossen zweimal sieben Jahre, und der Fischer merkte es gar nicht. Vor lauter Freude über den flinken Sohn vergaß er allmählich den schwarzen Gast; dieser aber war nicht so vergeßlich.

Eines Morgens rief die Fischerin den Sohn zum Frühstück, allein umsonst. Sie glaubt, er sei auf den Fischfang gegangen und fragt den Vater deshalb; allein auch dieser weiß nichts von ihm. Sie eilt daher hinaus, um sich nach ihm umzuschauen, doch weit und breit findet sich von ihm nicht die leiseste Spur. Da erst kommt dem Vater der Schwarze in den Sinn; er jammert und mißt sich selbst die Schuld bei, daß er auf den Jungen nicht besser achtgegeben habe, und mit großem Schmerze erzählt er seinem Weibe das traurige Abenteuer. Die armen Eltern führen ein Wehklagen, aber den Sohn, für den ihnen der Schwarze einen großen Sack mit Gold in die Hütte gelegt hatte, erreichen ihre Rufe nicht mehr. Sie verschmähten das Geschenk nicht, obzwar sie wußten, daß es eine schlechte Entschädigung für ein geliebtes Kind wäre.

Fern, sehr fern von der Fischerhütte befand sich unter der Erde ein goldenes Schloß, in welchem eine verwunschene Prinzessin wohnte. Sie war über die Maßen schön, aber schwarz wie eine Kohle. Einstmal soll sie ein mächtiger Zauberer erblickt und sich in sie verliebt haben: Sie aber wies ihn ab, wofür er sie in eine Mohrin verzauberte, die sie solange bleiben sollte, bis irgendein Jüngling eine solche Zuneigung zu ihr fassen würde, daß er vor lauter Liebe das Vaterhaus verließe und allerhand Ungemach erdulde. Das wäre freilich noch nicht so schwer gewesen, wenn jener nicht sie mit noch anderen Personen in eine unterirdische Landschaft verwunschen hätte. Was sollte sie dort beginnen? Wer sollte sie von dort erlösen?

Eines Tages ging sie im Garten umher und weinte; da gesellt sich ihr ein kleiner Zwerg bei und fragt sie, warum sie weint? Die Prinzessin blieb stehen und musterte festen Blickes das wunderbare Männchen; weil aber dieses so freundlich fragte, erzählte sie ihm ihr Ungemach.

„Klage darob nur nicht so sehr", sagte es, nachdem es alles vernommen hatte. „Wenn es sich hier nur um einen Jüngling handelt, so will ich selbst nach einem solchen mich sorgend umsehen. Wie denn aber, wenn du ihm nicht gefallen wirst und er sich weigern wird hierzubleiben?"

„Dann wird keine Hilfe für mich mehr möglich sein, und ich will mich ruhig in mein Schicksal ergeben." –

„Ei, dann heiratest du mich?" –

„Dich?" rief die Prinzessin, mit spöttischem Lächeln auf das Männlein niederblickend. Allein da sie fürchtete, den Zwerg böse zu machen und auf diese Art die einzige Hoffnung auf ihre Erlösung von sich zu stoßen, so sprach sie gleich wieder freundlich zu ihm: „Wenn du den Jüngling herbeiführen und dich nie zudringlich gegen mich benehmen wirst, mag ich dies oder jenes machen, so verspreche ich dir, falls der Jüngling hier nicht bleiben und mich nicht liebgewinnen wollte, dann dich zu heiraten." Der

Zwerg war auf diese Weise versöhnt, gelobte der Prinzessin alles und ging dann von hinnen.

Und das war niemand anderer als jener schwarze Mann, der den Fischer so arglistig bestrickt hatte. Wir wissen also, wie lange die Prinzessin harren mußte. Ihr aber schien es nicht so lange zu währen: Unter der Erde eilten die Jahre schneller dahin, und sie blieb immer jung.

Eines Tages ließ sich der Zwerg wieder sehen, erfüllte seine Zusage und brachte den Jüngling mit. Er hatte ihn nicht mit Gewalt dazu gebracht, sondern ihn so lange listig angelockt, bis der Knabe gutwillig mit ihm ging. Dem Radovid (so war des Fischersohnes Name) gefiel es in dem goldenen Palaste. Es war hier alles so schön wie auf der Erde, nur das Meer fehlte ihm da. Der prachtgeschmückte Palast war aus purem Golde erbaut, so daß, wenn die Sonne (welche auch dort aufging, nur mit dem Unterschiede, daß, wenn auf der Erde Nacht war, hier der Tag herrschte und umgekehrt) über ihm leuchtete, des blendenden Glanzes wegen niemand es anblicken konnte. Rings um den Palast war ein Garten, worin Blumen, wie er sie noch nie gesehen, sich lieblich schaukelten, Vögel mit buntfarbigem Gefieder flatterten in den duftenden Bäumen, deren Äste sich unter der Last des köstlichen Obstes zur Erde neigten. Wohin er nur blickte, alles war schön! Arbeiten mußte er nicht: Verlangte er etwas, gleich war es fertig da. Was Wunder also, daß er sich nicht heimsehnte. Freilich erinnerte er sich oft an die Mutter und an den Vater; allein, kaum bemerkte dies an ihm die Prinzessin, welche stets in seiner Nähe war, so gab sie sich gleich alle Mühe, ihn aufzuheitern. Sie sang ihm liebliche Lieder, sie führte ihn im Garten spazieren, sie erzählte ihm allerlei schöne Geschichten, so daß sich nicht einmal die Mutter mit ihm so sorgsam beschäftigte, noch ihn mehr lieben konnte als sie. Doch auch Radovid liebte sie trotz ihrer schwarzen Farbe sehr. So entschwanden ihm denn in lauter Wonne die Jahre, ohne daß er wußte wie. Nur das eine fühlte er, daß er die Prinzessin immer mehr und mehr liebe und ohne sie nicht leben könne. Und so schwanden die Tage in neuer Freude hin.

Einmal bemerkte die Prinzessin auf des Geliebten Antlitz einige dunkle Wölkchen; sie fragte ihn, was das zu bedeuten hätte. Und er erwiderte ihr: „Du weißt, wie ich dich liebe, und deshalb wirst du mir meine Bitte verzeihen. Der einzige Sohn meiner Eltern, wurde ich von ihnen überaus zärtlich geliebt, bedenke also, welch ein Verlust es für sie sein mußte, daß ich mich von ihnen entfernt habe. Aber jetzt, wo ich zur Verstandesreife gelange, jetzt erst sehe ich ein, und es schmerzt mich sehr, daß ich mich so wenig um sie bekümmert habe. Erlaube daher, daß ich wieder einmal nach ihnen schaue. Dann will ich für alle Zeit zu dir zurückkehren." – Nicht gar lieb war es der Prinzessin zu hören, aber sie durfte seine Bitte nicht unerfüllt lassen, falls sie wollte, daß alle Bedingungen ihrer Erlösung vollbracht würden.

„Nun, so willige ich ein. Du mußt mir aber etwas versprechen, worin dein und mein Glück oder Unglück bestehen wird."

Und Radovid tat, was sie verlangte.

Darauf sagte sie zu ihm: „Du darfst niemandem, mag es wer immer sein, mit keinem Sterbenswörtchen erwähnen, wo du die ganze Zeit über gewesen bist. Du darfst niemandem sagen, daß du eine Braut hast, und auch keiner anderen Liebe schwören. Wenn du dein Wort erfüllst, sind wir glücklich; erfüllst du es nicht, dann trifft dich Unglück und mich siehst du wohl nimmermehr, derweil auch ich alle Hoffnung auf Erlösung verliere."

Alsdann blies sie dreimal in ein silbernes Trompetchen, und der Zwerg stand vor ihnen. „Geleite den Radovid, woher du ihn geholt hast." – Noch einmal küßte sie den Radovid, gab ihm das silberne Trompetchen und sagte: „Vergiß meine Worte nicht; wenn du dich nach mir zurücksehnst, dann blase in dies Trompetchen, und der Zwerg führt dich wieder zu mir." Hierauf entfernte sie sich in ihre goldenen Gemächer, Radovid schritt mit dem Zwerge den oberirdischen Gefilden zu. Am Wege war er so vertieft, daß er gar nicht achtgab, über welche Wege und Stege ihn der Zwerg führte, und ehe er sich von seinen Gedanken trennte, waren sie am Meeresstrande, wo einst die Fischerhütte stand. Dort verließ ihn sein Begleiter.

In der Hütte fragte er nach dem Fischer. „Lieber Jüngling, der ist schon mehrere Jahre von hier fort und wohnt jetzt in der Stadt in einem schönen Hause und hat viel Geld; woher er es genommen, das weiß bis jetzt niemand." Also sagte man ihm in der Hütte. Demnach begab sich Radovid nach der Stadt, und dort zeigte man ihm ein prächtiges Haus, das dem ehemaligen Fischer gehörte. – Dazumal gab es noch nicht wie heutzutage alle dreißig Schritte einen Gasthof, dazumal war ein Fremdling froh, wenn er, wo immer, gastfreundlich aufgenommen wurde, und mutig sprach er selbst bei dem Ärmsten ein, denn er wußte, daß niemand, und sollte er selbst beim Nachbar borgen, den Gast ungelabt entließe. Ohne langes Überlegen trat Radovid in des Vaters Haus ein und bat um ein Nachtlager. Der alte Fischer, nun ein reicher Herr, nahm ihn freundlich auf und lud ihn zu Tische. Radovid war hungrig, und die Einladung kam ihm daher sehr gelegen. Als er in das Speisezimmer trat, sah er daselbst seine Mutter und ein junges Frauenzimmer, die man wie eine Tochter behandelte. Bei Tische saßen alle beisammen, speisten und unterhielten sich durch Wechselreden; doch weil es damals nicht Sitte war, den Gast nach dem Namen und Stande und Reiseziele zu fragen, so wußte bisher niemand, wie der Fremde heiße.

„Ist das Euer Kind?" fragte Radovid die Mutter, indem er auf die Tochter hinwies.

„Wohl, aber nicht ein eigenes; wir hatten nur einen einzigen Sohn, welchen wir jedoch in seinem vierzehnten Jahre verloren."

„Und wie geschah dies?"

„Lieber Herr, wollet dies lieber gar nicht erfahren, es ist eine traurige Geschichte."

„Möchtet Ihr ihn aber doch erkennen, wenn er zurückkehren würde?“

„Nicht doch, er müßte wohl jetzt schon hübsch erwachsen sein, etwa so wie Ihr.“

„Du hast es erraten, Mütterchen, denn ich bin ja dein Sohn.“

Die Eltern schrien auf und fielen dem Sohne um den Hals und küßten seine lieblichen Wangen. Die Pflegetochter hatte inzwischen diese Kunde durchs ganze Haus getragen, und so strömten im Augenblicke alle Bediensteten in das Gemach herein, um den Sohn ihrer guten Herrschaft zu sehen. Die Freude wollte kein Ende nehmen. Nachdem sich alles einigermaßen beruhigt hatte, fragten die Eltern ihren Sohn, wo er gewesen und

wie es ihm ergangen sei. Allein Radovid hatte die Worte seiner Geliebten sehr wohl im Gedächtnisse und gestand seinen Eltern nichts, indem er sie bat, sie möchten sich damit zufriedenstellen, daß er zurückgekehrt sei.

Solange die alte Mutter ihren Sohn für verloren betrachtete, war sie zufriedener. Kaum jedoch hatte sich der schöne Jüngling als ihr Sohn erwiesen, schon belästigten ihr tausenderlei Gedanken den Kopf – wie sie ihn am besten verheiraten könnte. Endlich kam sie mit sich überein, daß sie ihm die Pflegetochter geben wolle, ohne darauf Rücksicht zu nehmen, ob auch er hiermit einverstanden sein werde; denn sie hielt es für vollkommen ausgemacht, daß jene ihm gefallen müsse. Es war das aber auch ein Mädchen, schön wie eine Apfelblüte; wer sie sah, der liebte sie. Radovid erkannte ebenfalls ihren Liebreiz an, deshalb vergaß er aber noch nicht seiner schwarzen Schönen.

Eines Tages lud der alte Fischer, um die Rückkehr seines Sohnes festlich zu begehen, eine Menge von Gästen zu einem lärmenden Freudenmahle ein. Er war ja ein reicher Nachbar und freundlicher Wirt, zu allem dem hatte er einen hübschen Sohn und eine noch hübschere Pflegetochter – was Wunder, daß jedermann mit Freuden seine Einladung annahm? An Gästen war somit kein Mangel. Man aß, trank und tanzte den ganzen lieben Tag. Radovid war gut aufgelegt und benahm sich den Jungfrauen gegenüber sehr artig, am meisten unterhielt er sich aber mit der schönen Pflegetochter. Gegen Abend ging er mit ihr in den Garten hinaus und, von dem feurigen Getränke erhitzt, versprach er mehr, als er erfüllen sollte; kaum jedoch war das unbedachte Wort über seine Lippen gekommen, da verließen ihn die Sinne, und er fiel zur Erde. Da war es ihm, als stände vor ihm die schwarze Prinzessin; in ihrem einst so mildlächelnden Antlitz lag ein tiefer Gram, und ihre glutvollen schwarzen Augen waren von Tränen getrübt. „Was hast du getan, Radovid?“ sprach sie mit schmerzlicher Stimme. „Nun darfst du nicht mehr zu mir, außer wenn du dich ganz allein auf den Weg begibst und mich in meinem goldenen Palaste auffindest; du müßtest aber diese Eisenstiefel mit dir nehmen. Bist du fest entschlossen, aus Liebe zu mir alles Mögliche zu erdulden, dann wirst du mich erlösen, und wir werden glücklicher sein als jemals früher; im anderen Falle bleibst du ein Bettler dein Leben lang.“ Radovid erwachte und hätte alles dies für einen bloßen Traum gehalten, wenn er nicht bei sich die Stiefel und sich selbst in einer zerrissenen Kleidung fern von der Stadt gesehen hätte. Es war dies eine schreckliche Veränderung innerhalb dieser wenigen Stunden; dort war er geehrt wie irgendein Fürst, unterhielt sich mit den Eltern und mit dem schönen Mädchen, und nun mußte er, um der wenigen Wörtlein willen, eine so strenge Strafe erleiden! Als er alles bei sich wohl erwogen hatte, fluchte er sich selbst, weil er sich nicht vor dem schädlichen Getränke gehütet. Von dem Augenblicke, wo er sein Liebchen im Traume geschaut hatte, lebten in seinem

Gedächtnisse alle jene seligen Stunden auf, die er mit ihr verlebt, und fest nahm er sich vor, sie aufzusuchen, und wäre sie selbst am Ende der Welt. Daher raffte er

sich auf, band die Eisenstiefel, die er auf den Füßen nicht ertragen konnte, zusammen, warf sie über die Achsel und zog fürbaß in die weite Welt hinaus.

Inzwischen wußten die armen Eltern nicht, was mit ihrem Sohne vorgefallen war; die Pflegetochter aber verhehlte ihnen nicht, was er zu ihr gesagt und wie er dann plötzlich von ihrer Seite verschwunden sei. Und alle warteten auf seine Wiederkunft, er aber erschien weder am zweiten noch am dritten Tage. Endlich glaubten sie, daß irgendein Geist in der Gestalt ihres Sohnes sie zum besten gehabt habe, und damit beruhigten sie sich und lebten wie ehedem. Der gramerfüllte Radovid irrte mittlerweile mit seiner schweren Bürde von Stadt zu Stadt, von Dorf zu Dorf, über Berg und Tal, bis er zum schwarzen Meere gelangte. Dort ließ er sich auf die andere Seite hinüberfahren; den Fährmann fragte er, ob dieser nie von dem goldenen Palaste gehört habe.

„Nie", antwortete dieser, „aber auf der anderen Seite wohnt auf einer Insel ein Riese, und der weiß vieles, möglich, daß er Euch auch davon Kunde geben kann." Radovid ließ bei der Insel landen, suchte den Riesen und fand ihn auch in der Tat auf. Nun fragte er ihn, ob er nicht von dem goldenen Palaste wisse?

„Wohl weiß ich nicht, Mensch, und kann dir also auch nicht davon sagen; doch wenn du siebenmal sieben Tage und Nächte lang vorwärts schreitest, gelangst du zu einem Berge, und dort wohnt mein Bruder, der wird dir vielleicht davon sagen können."

„Ach, ich Allerärmster, was alles werde ich noch erdulden, ehe ich dahin gelange; aber es geschieht mir schon recht, warum war ich unfolgsam!"

Unter einer solchen Wehklage schritt Radovid weiter; sein Weg führte ihn durch reizende Gegenden, über schöne Inseln; doch nirgends lockte ihn der Rasenteppich zur Rast, nirgends trug er Verlangen nach dem saftigen Obste, um sich zu erfrischen oder um an dem Wohlgeruch der mannigfachen Blumen sich zu laben; die Sehnsucht nach dem schwarzen Liebchen trieb ihn immer weiter und weiter und gönnte ihm kein Ausruhen. Und nachdem er siebenmal sieben Tage und Nächte lang gewandert war, kam er zu einem Berge, wo der mächtige König des Landes seinen Sitz hatte. Er begab sich zu ihm und fragte

ihn, ob er nicht von dem goldenen Palaste wisse?

„Ich weiß es nicht", lautete die Antwort, „aber dies sagt dir am ehesten mein Bruder, der König der Vögel, der weit und breit seine Boten aussendet; möglich, daß einer von ihnen dir davon Bericht erstatten kann. Wenn du nochmals siebenmal sieben Tage und Nächte gehst, gelangst du zum grünen Meere, dahinter ist ein großer schwarzer Wald, und darin wohnt mein Bruder."

Radovid dankte dem Riesen und entfernte sich – in Wahrheit kam er nach siebenmal sieben Tagen zu dem grünen Meere, worüber er sich fahren ließ. Hierauf eilte er zu dem schwarzen Walde und suchte dort den König der Vögel. Als er ihn fand, entbot er ihm einen Gruß seines königlichen Bruders und bat ihn, er möge ihm von dem goldenen Palaste sagen. Der König rief sogleich alle seine Untertanen zusammen und fragte sie, ob vielleicht einer von ihnen von einem solchen Palaste wisse. Ein Weilchen lang dachten die Vöglein nach, dann flog eine Schwalbe aus der Versammlung heraus, und vor den König hintretend, zwitscherte sie: „Ich, König, ich weiß davon!"

„Welchen Weg hat dahin dein Flug genommen?"

„In sieben Flüssen habe ich gebadet, in sieben Wäldern habe ich mich geschaukelt, von sieben Höhen habe ich niedergeschaut, dann kam ich zu dem goldenen Palaste, wo die schwarze Prinzessin wohnt."

Als Radovid dieses vernahm, dankte er dem König und begab sich abermals auf den Weg. Wieviele Mühseligkeiten er erdulden mußte, ehe er die sieben Flüsse durchschwamm, die sieben Wälder durchschritt, die sieben Berge überstieg, das läßt sich gar nicht beschreiben, und dennoch fiel ihm alles dies nicht schwer. Die Eisenstiefel auf den Schultern tragend, schritt er unermüdlich seinen Weg weiter und weiter.

Nachdem er endlich alles überstanden, erblickte er eines Tages in der Ferne den goldenen Palast. Ach, wie dankte er Gott, daß er am Ziele seiner so bitteren Pilgerfahrt sei! Ermüdet, durch Hunger und Durst geschwächt, kam er bis in den Garten; dort setzte er sich unter einen Baum und schlief ein. Gerade zu dieser Zeit lustwandelte die schwarze Prinzessin im Garten und kam bis zu dem Baume, wo Radovid schlummerte. Verwundert blieb sie stehen und forschte, was für ein Mensch dort liege; aber wie freute sie sich, als sie wahrnahm, es sei Radovid! Sie sah an dieser eingefallenen Wange, an dieser zerrissenen Kleidung, an diesem abgemagerten Körper, daß er viel, viel ausgestanden haben mußte. Nicht konnte sie sich enthalten, ihn aufzuwecken. Und als dieser erwachend sein Liebchen bei sich erblickte, da bat er sie sogleich um Verzeihung und gelobte ihr treue Liebe bis zum Tode. Sie verzieh ihm gern. Zum Zeichen der Versöhnung küßten sich dann beide innig. Aber kaum hatten sich ihre Lippen berührt, da begann sich ihr schwarzes Antlitz zu entfärben, und binnen wenigen Augenblicken stand vor ihm die allerschönste weiße Jungfrau mit schwarzen

Augen. Aber wenn sie auch schwarz geblieben wäre, er hätte sie dennoch gleich gern gehabt.

Plötzlich stand vor ihnen der Zwerg und sprach zu den Liebenden: „Ich bin jener Zauberer, der dich verwunschen hatte. Radovid hat alle Bedingungen erfüllt, und ich kann von dir nichts mehr fordern, obzwar ich dich gern überlistet und zur Gattin gewünscht hätte. Aber nun wähle, ob du hier verbleiben oder wieder nach den oberirdischen Auen zurückkehren willst?" Doch der Prinzessin gefiel es von der Zeit an, wo Radovid wieder zurückkehrte, unter der Erde sehr, und sie entschied sich dafür, dort zu verbleiben; auch Radovid bekam einen Widerwillen gegen die Oberwelt, so daß beide abgeschieden von der Menschenwelt in dem goldenen Palaste voll Eintracht und Zufriedenheit lebten, ohne daß sie bis zu ihrem Tode ein Verlangen nach den irdischen Freuden getragen hätten.

Die drei Spinnerinnen

nach Karel Jaromír Erben

Es war einmal eine arme Witwe, die nur eine einzige Tochter hatte, und diese nannte man Liduška. Und da sie keine Felder, ja nicht einmal eine Kuh besaßen, nährten sie sich vom Spinnen. Liduška war wohl ein sehr hübsches und artiges Mädchen, hatte aber den Fehler, daß sie ungemein faul war, und sooft sie sich zum Spinnrade setzen sollte, fing sie immer zu weinen an, und wenn die Mutter sie endlich doch dazu bewog, war ihr Spinnen doch nicht der Rede wert. Einmal aber wurde die Mutter dieses Tuns doch überdrüssig, sie ward böse und gab der Tochter eine Kopfnuß. Da begann Liduška überaus heftig zu weinen und zu jammern, daß man es drei Hufe Landes weit hören konnte.

Um diese Zeit fuhr eben die Königin vorbei, und als diese das schreckliche Wehklagen hörte, ließ sie halten, stieg vom Wagen und trat in das Häuschen, denn sie glaubte, es habe sich dort irgendein Unglück ereignet. Und als sie die Liduška so bitterlich weinen sah, sagte sie derselben: „Was fehlt dir denn, mein Goldkind?"

„Ach wehe, das Mütterlein hat mich geschlagen!"

Die Königin wandte sich zu der Mutter und sprach: „Weshalb schlägst du dieses arme Kind?"

Die Mutter ward verlegen und wußte nicht, was sie darauf antworten solle, denn sie schämte sich, der Königin zu gestehen, daß ihre Tochter faul sei.

„Ach, gnädige Frau Königin, ich habe mit dem Mädchen ein ungemeines Kreuz, denn sie will mir nichts anderes in die Hand nehmen als den Spinnrocken und sitzen beim Spinnrade ganze Tage und Nächte lang. Und heute war ich schon darüber aufgebracht und gab ihr ein Kopfstück, und deshalb weint sie so sehr."

Der Königin gefiel das Mädchen über die Maßen, denn sie war eine große Freundin vom Spinnen. Daher äußerte sie zu der Mutter: „Ich will Euch etwas sagen, Mutter, wenn Eure Tochter so gern spinnt, so lasset sie mit mir gehen, ich will für sie sorgen. Daheim im Palaste habe ich genug des schönsten Flachses, und wenn sie bei mir so fleißig ist wie zu Hause, so wird sie es nicht bedauern."

Die Mutter war darüber von Herzen froh, und die Königin nahm die Tochter gleich mit sich und fuhr mit ihr nach dem Palaste.

Nachdem sie daselbst angekommen waren, nahm die Königin die Liduška bei der Hand und führte sie in ihre Gemächer. Diese waren vom Fußboden bis zur Decke mit Flachs gefüllt, und dieser war so schön, daß er wie Silber und Gold glänzte, und weich wie ungesponnene Seide. Und es sprach die Königin zu der Maid: „Sei also nur fleißig, mein Goldtöchterlein, und wenn du mir allen

diesen Flachs gesponnen hast, dann geb' ich dir meinen Sohn zum Gemahl, und du wirst Königin sein."

Hierauf ließ die Königin ein kostbares, überaus schönes Spinnrad bringen; dieses war aus Elfenbein geschnitzt, und die Federn daran waren golden; dazu einen großen Korb mit Spulen aus gelbem, duftendem Rohre, und dann ließ sie diese in dem einen Gemache mit dem Flachse allein.

Nachdem die Königin sich entfernt hatte, setzte sich Liduška zum Fenster hin und begann bitterlich zu weinen, denn mochte sie auch hundert Jahre, vom Morgen bis zum Abend und vom Abend wieder bis zum Morgen fleißig spinnen, sie wäre doch nicht imstande, mit allem diesem Flachse fertig zu werden, eine solche Menge gab es davon hier. Und wie denn erst sie, die ohnehin so ungern spann. So saß sie denn und weinte die ganze Nacht und den zweiten Tag bis zur Mittagsstunde und rührte weder Hand noch Fuß.

Als es Mittag war, kam die Königin, um nachzusehen, wieviel Liduška bereits gesponnen habe, allein sie erstaunte sehr, als sie sah, es sei mit dem Flachse noch nicht gerührt. Liduška redete sich aber aus, sie habe ein ungemein großes Heimweh nach dem Mütterlein gehabt, und vor lauter Tränen hätte sie nichts zur Hand nehmen können. Die Königin glaubte diesen Worten, tröstete sie und sprach: „Laß dir nicht bange werden, mein Töchterlein, und sei nur morgen um so fleißiger, auf daß du meinen Sohn bekommest und Königin werdest."

Als sie fortgegangen war, setzte sich Liduška wieder zum Fenster hin, schaute hinaus, seufzte und arbeitete nichts bis zum Abend und am anderen Tage wieder nichts bis zur Mittagszeit.

Um die Mittagszeit kam die Königin und verwunderte sich noch mehr und verfinsterte die Stirn, als sie sah, daß Liduška bisher den Flachs noch nicht berührt habe. Liduška hatte aber wieder die Ausrede, es tue ihr nach dem gestrigen heftigen Weinen der Kopf ungemein weh, und deswegen habe sie nichts arbeiten können. Die Königin war damit abermals zufrieden, als sie aber fortging, sprach sie: „Es ist bereits Zeit, daß du, Liduška, beginnest, wenn du meinen Sohn bekommen und Königin werden willst!"

Diesen Tag bis zum Abend und den anderen Tag früh war alles wieder so wie das erste und zweite Mal: Liduška würdigte das Spinnrad keines Blickes, sondern saß beim Fenster und schaute hinaus. Als es schon Mittag war, öffnete die Königin die Tür, als sie aber sah, daß Liduška abermals faulenzte, wurde sie sehr böse und sagte: „Höre, Liduška, heute geschieht das zum letzten Male! Wenn du morgen noch nichts fertig gesponnen hast, so bekommst du nicht nur nicht meinen Sohn, sondern ich lasse dich noch in einen dunklen Kerker einsperren, wo es von Fröschen, Schlangen und Eidechsen wimmelt, und lasse dich dort Hungers sterben, damit du mich nicht mehr betrügest und belügest." Hernach wandte sich die Königin von ihr zornig ab, warf die Tür zu und entfernte sich.

Da ward der Liduška erst recht bange! Ein kalter Schweiß trat an ihrer Stirn hervor, sooft sie an den morgigen Tag dachte. Was sollte sie tun? Sie umwickelte den Spinnrocken mit Flachse, setzte sich zum Spinnrad und begann zu spinnen. Allein, wie war es ihr möglich zu spinnen, da sie so überaus faul war! Sie hielt also gar bald mit dem Spinnen wieder ein, stellte sich zum Fenster und weinte so kläglich, daß ihr das Herz schier brechen wollte, bis zum Abend.

Da auf einmal klopfte jemand ans Fenster, und als sich Liduška umschaute, sah sie draußen drei alte, häßliche Weiber stehen. Die eine hatte eine so große Unterlippe, daß ihr diese bis über das Kinn reichte; die andere hatte an der rechten Hand einen so breiten Daumen, daß dieser die ganze Handfläche bedeckte, und die dritte, die hatte den rechten Fuß so erstaunlich breit getreten, als wäre er von einem Dreschflegel flach geschlagen worden. Als Liduška sie erblickte, erschrak sie sehr heftig über sie und sprang rasch vom Fenster zurück. Allein die drei alten Mütterchen lächelten sie freundlich an und winkten mit den Händen, daß sie nur das Fenster öffnen und sich vor ihnen nicht fürchten möge.

„Guten Abend, schönes Jungfräulein!" sagten sie. „Weshalb weinst du gar so kläglich?"

Liduška nahm sich ein Herz und antwortete mit weinerlicher Stimme: „Ach, wie soll ich Ärmste nicht weinen und wehklagen, da ich allen diesen Flachs, den ihr hier in diesem Zimmer aufgehäuft sehet, und dann noch den Flachs in zwei anderen ebenso vollen Zimmern fertig spinnen soll!" Dann erzählte sie den alten Mütterchen alles, was sich mit ihr zugetragen, und auch, daß die Königin ihr versprochen habe, sie wolle ihr, bis sie mit dem Flachsspinnen fertig sei, ihren Sohn zum Gemahl geben und sie Königin werden lassen. „Allein was hilft mir das", setzte sie hinzu, „da ich damit bis zu meinem letzten Stündchen nicht fertig werden kann!"

Die alten Mütterchen lächelten und sagten: „Weißt du was, Jungfräulein, wenn du uns versprichst, daß du uns zur Hochzeit einlädst, uns bei der Tafel neben dir sitzen läßt und dich vor allen Gästen unser nicht schämen wirst, so wollen wir dir allen diesen Flachs fertig spinnen, früher noch, ehe du meinst."

„Ei, alles, alles mach' ich euch, was ihr nur verlanget", entgegnete Liduška freudig, „laßt euch nur hurtig in die Arbeit ein."

Da stiegen die drei Mütterchen durch das Fenster ins Zimmer, schickten die Liduška schlafen und begannen, den lieben Flachs zu spinnen. Die mit dem breiten Daumen zog die Fäden, die mit der breiten Lippe befeuchtete und glättete sie, und die mit dem breiten Fuße trat das Fußbrettchen und drehte das Spinnrad; und so ging's ihnen überaus flink vonstatten. Und als das Frühlicht zu dämmern begann und Liduška aufstand, sah sie eine ungemein große Menge schönen, gleichmäßigen und dünnen Gespinntes auf den Spulen, daß ihr das Herz im Leibe lachte, und in dem Flachse war schon eine so große Höhlung, daß sie sich bequem darin verstecken konnte. Da gaben die alten Mütterchen der Liduška ein „Behüt' Gott", versprachen ihr, am Abend wiederzukommen, und entfernten sich durch das Fenster.

Zu Mittag kam die Königin, um nachzusehen, ob Liduška wieder faulenze. Und als sie den großen Haufen des schönsten Garnes erblickte, da staunte sie sehr, ihre Stirn ward hell, und sie belobte Liduškas Fleiß.

Als die Abenddämmerung nahte, standen die alten Mütterchen wieder vor dem Fenster, und die Maid schloß ihnen dasselbe mit Freuden auf. Und so ging es jedesmal: Abends kamen sie, morgens gingen sie, und während Liduška schlief, nahm der Flachs im Zimmer immer mehr und mehr ab, bis endlich das eine Zimmer vollkommen leer war. Und jedesmal, wenn die Königin zu Mittag nachsehen kam, wieviel Liduška wieder gesponnen habe, konnte sie sich nicht genug über das schöne Garn verwundern und die Liduška ihres Fleißes wegen beloben, und zu wiederholten Malen äußerte sie: „Mein Goldkind, welch ein Unrecht habe ich dir früher getan!"

Schon begannen die alten Mütterchen auch im zweiten Gemache zu arbeiten, und allmählich ward auch dieses ausgeräumt; da begann die Königin die Voranstalten zur Hochzeit zu treffen. Und als auch schon der Flachs im dritten Zimmer zur Neige ging, dankte Liduška herzlich den alten Mütterchen, daß ihr diese so gut geholfen hätten; und die alten Mütterchen sagten zu ihr: „Vergiß nur nicht darauf, Mägdelein, was du uns versprochen hast, und du wirst dessen noch froh werden."

Und als bereits aller Flachs in allen drei Gemächern bis auf den letzten Faden ausgesponnen war, war auch alles schon zum Hochzeitsfeste vorbereitet, und der junge König hatte eine große Freude über seine junge, schöne und arbeitsame Braut, und sagte zu ihr: „Verlange von mir, was du willst, und du sollst alles erhalten."

Da erinnerte sich Liduška der drei alten Mütterchen und sprach: „Ich habe zu Hause drei alte Muhmen, sie sind wohl sehr arm und von niedriger Herkunft, allein sie haben mir viel Gutes erwiesen, erlaube, daß ich sie zum Hochzeitsfeste lade." Und der junge König sowie die Königinmutter gaben dazu ihre Einwilligung.

Und als schon der Hochzeitstag erschienen war und die Gäste sich bereits zur Tafel setzen wollten, da ging plötzlich die Tür auf, und die drei alten Mütterchen, nach uralter Tracht über die Maßen lächerlich gekleidet, traten in den Saal. Wie sie die Braut erblickte, gleich lief sie ihnen entgegen und hieß sie freudig willkommen. „Seid mir gegrüßt, meine lieben Mühmchen, seid mir gegrüßt! Kommet und setzet euch zur Tafel, hier zur Seite."

Die Gäste sahen einander groß an und wären gern in ein lautes Gelächter ausgebrochen, hätten sie nicht des Königs Zorn gefürchtet, und der König und die Königinmutter wurden rot wie Pfingstrosen, doch durften sie der Liduška nichts sagen, weil sie ihr selbst die Einwilligung erteilt hatten.

Während der Mittagstafel legte Liduška selbst den alten Mütterchen die Speisen vor, goß ihnen die Getränke ein und mahnte sie oft: „Esset und trinket, meine lieben Mühmchen! Ihr habt mir sehr viel Gutes erwiesen."

Und als das Mittagsmahl vorüber war und die Gäste von der Tafel sich erhoben, trat der junge König zu dem ersten Mütterchen mit dem breiten Fuße hin und fragte es: „Aber ich bitte, liebes Altmütterchen, wovon habt Ihr denn einen so breiten Fuß?"

„Vom Spinnen, Herrlein, vom Spinnen."

Und er ging zu dem zweiten Mütterchen mit dem breiten Daumen: „Aber saget mir doch, liebes Altmütterchen, woher kommt es denn, daß Ihr einen so breiten Daumen habt?"

„Vom Spinnen, Herrlein, vom Spinnen."

Und er wandte sich zu dem dritten Mütterchen mit der langen Unterlippe und sprach: „Aber, liebes Altmütterchen, woher habet Ihr denn eine so breite Lippe bekommen?"

„Vom Spinnen, Herrlein, ebenfalls vom Spinnen", antwortete das Mütterchen.

Als dies der junge König hörte, erschrak er dann gewaltig; und gleich trug er seiner schönen Gemahlin auf, daß sie zeitlebens ja nicht mehr einen Spinnrocken anrühre, sie könnte selbst auch einen so breiten Fuß, einen so breiten Daumen und eine so häßliche lange Lippe bekommen.

Inzwischen verschwanden die drei alten Mütterchen aus dem Gemache, und niemand wußte, wohin. Aber sooft Liduška in der Folgezeit sich ihrer erinnerte, segnete sie jedesmal dieselben im Geiste, und wohl noch nie, seit die Welt steht, hatte eine Frau des Mannes Gebot so gern und treu befolgt als die junge Königin des Königs Verbot.

Der goldene Berg

nach Božena Němcová

Libor war der einzige Sohn einer armen Witwe. Nachdem er die Gartenkunst erlernt hatte, kam er nach Hause; da er jedoch daselbst nicht bleiben konnte, begab er sich zum königlichen Gärtner, bat ihn um einen Dienst und erhielt diesen auch sogleich. Er war ein ordentlicher, sehr ehrbarer Geselle, ein fleißiger Arbeiter, und deshalb gefiel er auch einem jeden. Drei Jahre schon arbeitete er in dem königlichen Garten als Gehilfe, und weil er mit den Kreuzern zu sparen verstand, hatte er sich bald einige Gulden erwirtschaftet. Eines Tages um die Mittagsstunde legt er seine Gerätschaften seitwärts und geht zu dem kleinen Teiche, um unter den Weidenbüschen zu rasten. Das war sein Lieblingsplätzchen. Er legte sich an dem weichen Rasen nieder, sann nach, was alles er sich für das ersparte Geld kaufen wolle, und schaute empor zu den düsteren Trauerweiden, deren geneigte Kronen sich in der bläulichen Weiherglätte abspiegelten. Da rauscht etwas in der Nähe, und nach einer kleinen Weile wird ein leichtes Plätschern der Wellen hörbar. Sachte schlägt Libor das dichte Gebüsch auseinander und schaut, was das sei. Da sieht er im Teiche drei Jungfrauen baden, zwei waren schön, aber die dritte war wunderschön; kaum hatte Libor sie wahrgenommen, gleich begann sich ihm der Kopf zu drehen, und das Herz pochte ihm so heftig, daß es ihm fast aus dem Leibe herausgeflogen wäre.

Die Jungfrauen aber hatten keine Ahnung davon, daß jemand sie belausche. Eine Weile lang badeten sie, dann traten sie ans Ufer, kleideten sich in weiße Gewänder, warfen wehende Schleier über die Häupter, verwandelten sich in Schwäne und flogen davon. Solange sich die Jungfrauen ankleideten, saß dem Libor die Seele im Auge; erst nachdem sie der Schwäne Gestalt angenommen hatten, sprang er mit einem tiefen Seufzer auf und breitete sehnsüchtig die Hände nach ihnen aus, als wollte er die Fliehenden aufhalten. Als die Schwäne gänzlich verschwunden waren, begab sich Libor nach dem Orte, wo früher die reizende Jungfrau stand, kniete am Rasen nieder und legte die Wange auf die Stelle, wo er ihre zarten Fußstapfen erblickte. Lange wäre er so gelegen, wenn ihn nicht der Gärtner abgeholt hätte. Noch nie in seinem Leben hatte er so zerstreut gearbeitet als an diesem Nachmittage; er sah und hörte niemanden und sprach zu keinem ein Wort.

Während der Nacht überlegte sich Libor alles dies und beschloß, am zweiten Tage, falls die Jungfrauen wiederkommen sollten, schlauer zu sein. Mit unaussprechlicher Sehnsucht erwartete er den zweiten Tag. Wie es Mittag war, ging er zu dem Teiche und verbarg sich unfern der Stelle, wo den Tag zuvor die

Gewänder der Jungfrauen lagen. Es dauerte nicht lange, da flogen drei Schwäne herbei, verwandelten sich in Jungfrauen, begannen sich zu entkleiden und legten die weißen Gewänder in Libors Nähe nieder. Die Schönste aber hing ihren kostbaren Schleier gerade über seinem Haupte auf. Als Libor sie im Wasser plätschern hörte, streckte er die Hand aus und nahm den Schleier vom Aste herunter; allein da rauschten die Blätter, die Jungfrauen erschraken, sprangen ans Ufer, warfen die Kleider und Schleier über sich, und schon rauschten Schwansflügel durch die Luft. Allein die Schönste befand sich nicht unter ihnen, diese lief am Ufer umher und suchte ihren Schleier, ohne den sie nicht Schwanengestalt annehmen konnte.

„Wie, haben mir ihn die Vögel davongetragen, der Wind davongeweht oder hat mir ihn ein böser Mensch geraubt?" Also wehklagte und weinte das arme Jungfräulein. Da tritt Libor aus dem Gebüsche.

„Sage mir, Jüngling", fragte ihn die Jungfrau und trat zu ihm heran, „hast du nicht meinen weißen Schleier gesehen? Er ist verlorengegangen, und ich weiß nicht, wohin."

„Die Vögel haben dir ihn nicht davongetragen, der Wind hat dir ihn nicht davongeweht, ich habe mir ihn am Herzen verborgen."

„O so bitte ich dich, gib mir ihn zurück, ich muß den Schwestern nach."

„Beileibe nicht, schöne Jungfrau! Du bekommst den Schleier nicht zurück und darfst nicht von hinnen. Ich liebe dich mehr, als ich die ganze Welt, mehr, als ich meine Mutter, mehr, als ich mich selbst liebe, und wenn du bei mir nicht bleibst, so sterbe ich vor Gram." Bei diesen Worten nahm Libor die Jungfrau bei der Hand und blickte ihr so sehnsuchtsvoll in die Augen, daß sie ihn mit sichtlichem Wohlgefallen anhörte.

„Wünsche dir's nicht, Jüngling, daß ich bei dir bleibe, denn dies wäre dein Unglück; die Mutter käme um mich, und du wärst verloren."

„Sie soll kommen! Für dich möchte ich selbst mit Riesen kämpfen, ins Feuer springen und jegliches Ungemach erdulden. Bleibe nur bei mir."

„Ich bleibe also. Wie ist dein Name?"

„Libor, und der deine?"

„Čekanka."

„Komm! Meine teure Čekanka, ich will dich zu meiner Mutter führen, sie wird dich lieben, als wärest du ihre eigene Tochter. Ich bin wohl nicht reich, aber deinetwegen werde ich Tag und Nacht arbeiten, und was du nur verlangst, das will ich dir verschaffen."

Sie faßten sich bei den Händen und gingen zu Libors Mutter. Die alte Frau geriet ins Erstaunen, als sie ihren Sohn mit einer so herrlichen Jungfrau kommen sah, aber sie wunderte sich noch mehr, als sie hörte, das sei die zukünftige Braut. Liebreich hieß sie diese willkommen, und tränend segnete sie das junge Paar.

„Nun, mein Röslein", sagte Libor, nachdem er sich mit dem teuren Liebchen unterhalten hatte, „nun muß ich wieder in die Arbeit. Was soll ich dir abends bringen, daß es dich erfreue?"

„Genug daran, wenn du selbst kommst. Geh nur, mein Libor, und kehre zeitlich zurück.“

Im Vorgemache traf Libor die Mutter; er zog den Schleier hervor, reichte ihr denselben und sprach: „Diesen Schleier, Mütterlein, hebe in der Truhe auf, und gib ihn nicht der Čekanka, selbst wenn sie darum bitten sollte. Sie selbst pflege wie eine Frühlingsknospe, daß sie uns ja nicht welke.“

Die Mutter bewahrte den Schleier auf und ging zu der Braut. Wohl wußte sie nicht, woher und wessen Kind sie sei, aber trotzdem fragte sie nicht darnach, denn sie war überzeugt, ihr Sohn würde sich keine Maid auserwählen, die nicht ehrenwert wäre. Als sie in die Kammer trat, setzte sie sich an Čekankas Seite und begann, ihr allerlei zu erzählen, von ihrer Hauswirtschaft und von den guten und schlimmen Seiten ihres Libor. „Oft habe ich ihm schon gesagt“, schloß sie ihre Erzählung, „er möge heiraten; daß er mir aber so bald folgen werde, daran hätte ich nicht gedacht. Ich glaubte, er führe unsere Prinzessin, als er mit dir herankam.“

„Wie denn erst, wenn mir Libor nicht meinen Schleier genommen hätte, da hättet Ihr gar geschaut, Mütterlein. Erstaunlich ist seine Pracht und paßt allerliebst zu dieser Kleidung. Schade, daß Libor ihn fortgetragen hat, er müßte mir ihn sonst auf einen Augenblick borgen, daß Ihr mich darin sähet!“

„Er hat ihn nicht fortgetragen, sondern meiner Obhut anvertraut und gesagt, ich solle dir ihn nicht geben.“

„Ich will ihn nicht. Glaubt der Kindische, daß ich mich darnach sehne? Ich weiß, daß er sich nun für mich nicht

zieme. Ich wollte mich ja nur Euch, Mütterlein, darin zeigen."

„Nun warte, Mädchen, ich will ihn holen und dich damit schmücken. Dann schließe ich ihn wieder ein, und Libor wird kein Sterbenswörtlein davon erfahren."

Die Alte wandte sich um, ging zur Truhe und brachte den Schleier herbei. Hastig nahm Čekanka ihn derselben aus der Hand, entfaltete und musterte ihn mit Wohlgefallen. Auf einmal aber tritt sie zum Fenster, öffnet es und, zu der Mutter gewendet, spricht sie: „Saget, Mütterlein, dem Libor, wenn er mich zur Gattin haben will, soll er mich am goldenen Berge holen." Das sagte sie, warf den Schleier über das Haupt, und in einen Schwan verwandelt, flog sie zum Fenster hinaus.

Die arme Alte erschrak so gewaltig, daß ihr das Blut in den Adern erstarrte. Sie fürchtete, was Libor sagen werde, wenn er zurückkomme.

Der Abend senkte sich herab, und Libor eilte heim. In der einen Hand hielt er ein schönes Sträußchen, in der anderen einen Korb des schmackhaftesten Obstes. Seine Wangen glühten, seine Augen flammten vor Seligkeit. Als ihn die Alte am Fenster vorbeischießen sah, begann sie vor Angst wie eine Espe zu zittern. Da erscheint Libor in der Tür, und mit einem Blicke die Kammer durchfliegend, fragt er:

„Wo ist Čekanka?"

Die Mutter erzählt unter Tränen, was geschehen sei und was Čekanka gesagt habe. Bei jedem Worte schwand mehr und mehr die Farbe von des Jünglings blühenden Wangen, die Hände über der von unermeßlichem Schmerze krampfhaft ergriffenen Brust haltend, starrte er den Platz, wo er mit dem Liebchen gesessen, an, als wären ihm alle Gedanken entwichen. Erst nach einer geraumen Weile seufzte er aus tiefer Brust auf, und große Tränen rannen über seine Wangen.

„Mutter, schnüre mir ein Bündel, ich geh' zum goldenen Berge", waren seine ersten Worte nach langem Schweigen.

„Mein Goldsohn, tue mir das nicht an, was soll ich ohne dich beginnen? Vergiß das Mädchen, das dich so betrogen hat."

„Tue Mutter, wie ich dir gesagt habe, ich kann ohne Čekanka nicht leben und muß sie auffinden, und sollte ich den ganzen Erdkreis durchwandern."

Fruchtlos war die Wehklage der Mutter. Libor nahm sich einiges Geld, das geschnürte Bündel, gab der Mutter ein „Mit Gott" und ging den goldenen Berg suchen.

„Aber wo finde ich ihn?" dachte er, als er feldüber zog. Er schlug den ersten besten Weg ein. Lange ging er dahin, ehe er in einen furchtbaren Wald kam und dort nicht wußte, wo ein, wo aus. Die Füße schmerzten ihn, Hunger und Durst quälten ihn, und eine menschliche Fährte war nirgends zu finden. Plötzlich vernahm er ein Hundegebell; da meinte er, eine Menschenwohnung zu finden. Und diese fand er auch nach einer kleinen Weile. Frisch trat er in die Hütte ein, wo ein alter Jäger wohnte.

„Ich bitte Euch", begann Libor, „gönnet mir eine kurze Rast und schenket mir ein Stückchen Brot. Ich habe mich im

Walde verirrt, und lange ist's schon, wo ich weder getrunken noch gegessen habe."

„Setz dich auf die Bank, was ich habe, will ich dir geben", antwortete der Alte, brachte ein Laib Brot, ein Stück Wildbret und reichte dies dem Libor. Ein Bescheidessen von der königlichen Tafel hätte ihm nicht so gut geschmeckt als das schwarze Brot mit dem Fleische.

„Wohin gehst du, Bursche?" fragte nach einer Weile der Jäger.

„Auf den goldenen Berg", antwortete Libor, und gleich begann er dem Greise alles aufrichtig zu erzählen, wobei er ihn fragte, ob er nicht wisse, wo ein solcher Berg stände?

„Lieber Jüngling, das weiß ich nicht, aber ich kann es erfragen." Er öffnete die Tür, nahm eine Pfeife und pfiff dreimal. Da flogen hundert Krähen herbei und umkreisten, mit den Flügeln schlagend, sein Haupt.

„Saget mir, ihr Landstreicherinnen, weiß keine von euch von dem goldenen Berge?"

„Wir wissen's nicht, allein unsere Freundinnen, die bei deinem Bruder sind, diese werden es sicher wissen."

„Geh, Jüngling, zu meinem Bruder. Er wohnt hundert Meilen von hier in einem Walde. Sage, ich lasse ihm einen Gruß entbieten, er möge dir sagen, wo der goldene Berg stehe."

Libor dankte dem Jäger für die Gastfreundschaft und für den guten Rat, nahm von ihm Abschied und wanderte weiter. Ehe man hundert Meilen zurücklegt, das dauert eine hübsche Weile. Aber alles findet sein Ende; auch Libor erreichte das Ziel seiner Reise. Auch der Bruder des Jägers wohnte in einem Walde. Freundschaftlich nahm er den Libor auf, und nachdem er den vom Bruder überschickten Gruß angehört hatte, zog er sogleich eine Pfeife hervor und pfiff. Da flogen zweihundert Krähen herbei, die ihn sausend umflatterten.

„Welche von euch wird mir sagen, wo der goldene Berg stehe?" fragte sie der Jäger.

„Von dem goldenen Berge weiß keine von uns, allein unsere Schwestern bei deinem Bruder werden gewiß davon wissen."

„Hast du gehört, Bursche, was sie sagten?" sagte der Jäger zu Libor. „Dir bleibt nichts anderes übrig, als noch zweihundert Meilen weiter zu meinem Bruder zu ziehen und bei ihm nach dem goldenen Berge zu fragen. Vorher aber raste ein wenig aus und erfrische dich mit Speisen."

Hierauf wandte sich der Jäger um und brachte dem Gaste Brot, Fleisch und Wein. Libor ließ sich dies gut munden, dankte herzlich dem Alten und pilgerte weiter. Wenn der Mensch mit Freuden irgendwo hineilt, da nimmt ihm mit Blitzschnelligkeit die Wegstrecke ab. So erging es auch unserem Wanderer, ehe er sich versah, hatte er die zweihundert Meilen hinter sich und die Hütte, wo der dritte Bruder wohnte, vor sich. „Wenn mich auch dieser ohne eine Nachricht fortschickt, dann weiß ich nicht, wohin ich mich noch wenden soll", dachte Libor beim Eintreten in die Hütte. So freundlich wie die zwei ersten

Brüder hieß ihn auch der dritte willkommen, und als er dessen Verlangen erfuhr, zog er gleich sein Pfeifchen hervor und rief dreihundert Krähen herbei.

„Gern möchte ich wissen, wo sich der goldene Berg befinde; schnell sage mir's jene, die davon weiß?" fragte der Jäger seine Botinnen.

Da trat eine einzige hervor, und diese war lahm. Also sprach sie zu ihrem Herrn:

„Ich weiß von dem goldenen Berge. Dreihundert Meilen von hier steht er inmitten eines schönen Tales und schimmert schon von der Ferne. Am Gipfel ist das goldene Schloß erbaut, und in diesem Schlosse wohnt eine Zauberin mit drei Töchtern. Sie ist ein schlimmes Weib. Einmal wollte ich mir jenes Schloß in der Nähe besehen, doch wie mich die Alte erblickte, ergriff sie einen Stein und schleuderte ihn zehn Klafter weit nach mir, so daß sie mir den Fuß zerschlug. Von dieser Zeit an hinke ich."

„Es geschieht dir recht; warum kriechst du, wohin dich die Neugierde lockt. Nun aber will ich selbst dich hinsenden. Auf deinen Flügeln wirst du meinen Gast, den du hier siehst, bis an den Fuß des goldenen Berges tragen. Bleibe da, ihr anderen entfernt euch."

Nicht sehr gefiel dies der schwarzgefiederten Pilgerin, allein mucksen durfte sie nicht, denn der Gebieter strafte den Ungehorsam sehr strenge. Nachdem Libor das, was ihm der Jäger vorgesetzt, verzehrt hatte, reichte er ihm die Hand, wünschte ihm alles Gute und schied dankbar von ihm. Er ging voraus, und die Krähe folgte ihm nach. Etwa zwanzig Schritte hinter der Hütte rief sie ihm zu, er möge stehenbleiben, sie wolle ihm etwas sagen.

„Pflücke drei Eicheln ab", sprach sie, „und hebe dir sie sorgfältig auf; wenn wir dann fliegen und ich ausrufe: ‚Laß die Eichel fallen', so tue es."

Libor befolgte ihren Rat, pflückte die Eicheln ab und steckte sie ein. Hierauf befahl sie ihm, er möge sich auf sie setzen, und als er dies getan, erhob sie sich mit ihm über einen dunklen Wald. Gleich ziehenden Wolken schwanden vor seinen Blicken Wälder, Felder, Dörfer und Städte hin. Plötzlich waren sie am Ende, und die unübersehbare, blau-grünliche Meeresfläche schimmerte tief unter ihnen. Und schon hatten sie den Strand weit hinter sich, da rief die Krähe: „Laß die Eichel fallen!"

Libor griff in die Tasche nach einer Eichel und ließ sie ins Meer fallen. Im Nu wuchs aus dem Wasser eine große breitästige Eiche empor, auf deren schattigem Wipfel sich die Krähe mit Libor niederließ.

„Hier wollen wir ausruhen, meine Flügel sind schon ermattet, und wir haben noch weit, ehe wir das Ende des Meeres erreichen", sagte die Krähe, indem sie sich neben Libor setzte. Nach einer Weile jedoch erhob sie sich wieder, und frisch ging's weiter. Wie sie emporflogen, verschwand die Eiche. Bevor sie ans Ende des Meeres kamen, ließ Libor auch die beiden anderen Eicheln ins Meer fallen, und jedesmal wuchsen Eichenbänke daraus empor, worauf dann die Luftsegler rasteten.

Hinter dem Meere befand sich eine große Höhe, und auf dieser Höhe ließ sich die Krähe nieder.

„Von dieser Höhe hast du noch hundert Meilen zum goldenen Berge", sprach sie zu Libor. „Das Schlimmste hast du überstanden, und deshalb sorge nun selbst, wie du dahin kommst. Ich kehre nach Hause zurück, denn ungern möchte ich meinen zweiten Fuß einbüßen." So sprach sie, und schon war sie in den Lüften.

Erzürnt blickte noch Libor der treulosen Krähe nach, da hörte er ein ungeheures Geschrei unter der Höhe. Er kletterte von dem Felsen herab, um zu sehen, was da geschehe; allein wie sehr erstaunte er, als er am Fuße des Felsens auf einer Wiese zwei gewaltige Riesen raufen sah. Aber diese nahmen ihn sogleich wahr, und auf eine Minute von ihrem Hader ablassend, schrien sie ihn an: „Wie kannst du dich unterstehen, du Erdenwürmlein, unser Königreich zu betreten?"

„Ich kam über das weite Meer, und auf dieser Höhe rastend, vernahm ich ein gewaltiges Geschrei; nicht wissend, was es da gebe, noch auch, daß ich hier nicht eintreten dürfe, stieg ich hinab."

„Wenn dem so ist, dann sei dir verziehen. Nun gehe aber von hinnen, daß wir unseren Streit ausmachen können."

„Und darf ich Euch fragen, um was es sich hier handle? Ich habe schon manches in der Welt gehört, vielleicht könnte ich Euch mit einem guten Rate aushelfen."

„Geh nur deiner Wege, was du uns raten würdest, das wissen wir längst", fertigte ihn der eine ab.

„Geh nicht", befahl der zweite, „ich werde dir die Streitsache erzählen und will gern sehen, welchen Ratschlag du uns erteilst. Siehe, hier liegt ein Sattel, den wir Brüder nach unserem Vater geerbt haben. Er hat eine besondere Eigenschaft – wer sich daraufsetzt und spricht: ‚Dort und dort will ich sein', augenblicklich ist er dort. Was Wunder, daß wir beide ihn verlangen, und da wir uns nicht im guten verständigen konnten, kamen wir überein, derjenige werde den Sattel erhalten, der im Ringkampfe Sieger bleibt."

„Ich werde Euch bald vergleichen, lasset mich nur den Sattel ansehen", sprach Libor und trat zu dem verhängnisvollen Gegenstande näher. Die Riesen schauten, was er machen werde, er aber setzte sich plötzlich auf den Sattel und rief: „Ich will am goldenen Berge sein!", und schon war er nicht mehr zu sehen, und der Streit der Riesen hatte ein Ende.

Im Nu sah sich Libor am goldenen Berge beim Tore des goldenen Schlosses. Nun rollte er den Sattel bergab und klopfte an das Tor. Da ward der Riegel zur Seite geschoben, und eine häßliche Alte trat heraus und fragte den Libor, was er wolle?

„Ich suche hier meine Liebste, die man Čekanka nennt. Wenn sie hier ist, und wenn Ihr die Herrin dieses Schlosses seid, so führet mich zu ihr hin."

„Oho, junger Mann, nicht so voreilig! Ich bin die Herrin dieses Schlosses, und Čekanka ist meine Tochter. Wähne aber nicht, daß du sie so wohlfeil bekommst."

„Und was soll ich also tun, um mir sie zu verdienen?“

„Du mußt drei Dinge ausführen. Gelingen sie dir, dann ist Čekanka die deine, wenn nicht, dann bist du ein Kind des Todes.“

„Was Ihr befehlet, alles will ich erfüllen.“

„Folge mir also nach“, sprach die häßliche Zauberin und führte den Libor über einen Marmorhof in schöne Gemächer. In dem einen ließ sie ihn warten und entfernte sich. Nach einer kleinen Weile ging die Tür auf, und Čekanka stand auf der Schwelle. Mit einem Sprunge war Libor bei ihr und drückte sie ans Herz.

„Ach, wie habe ich mich nach dir gesehnt, mein Kind. Warum bliebst du nicht bei mir, warum hast du mir einen so großen Kummer bereitet? Wer weiß jetzt, ob ich dich von deiner Mutter bekomme?“

„Wäre ich bei dir geblieben, du hättest noch viel größeres Ungemach erdulden müssen. Mache dir aber nichts daraus und vertraue auf mich, wie ich auf dich vertraut habe; alles wird glücklich enden.“

Also tröstete Čekanka ihren teuren Liebling und entfernte sich. Die Nacht stieg herab, Libor empfing ein gutes Nachtessen, legte sich dann in weiche Betten zur Ruhe und schlief fest ein. Kaum war er am Morgen angekleidet, da kam zu ihm die alte Zauberin, brachte ihm das Frühstück und sagte:

„Wenn du die Čekanka erhalten willst, so folge mir hurtig nach, ich will dir die erste Aufgabe stellen.“

Libor ließ sich dies nicht zweimal befehlen und folgte schnell der Alten in den Hof. Diese gab ihm eine hölzerne Säge, Axt und ein Beil und führte ihn nicht weit vom Schlosse weg, wo ein großer Kiefernwald stand.

„Auf dieser Stelle“, sprach sie, „will ich bis zum Abend hundert Klaftern Holz haben. Wenn du damit nicht fertig wirst, stirbst du.“

Libor hatte mehr Lust zum Weinen als zum Arbeiten. Was sollte er mit den hölzernen Gerätschaften zustande bringen? Er nahm die Axt, hieb mit ihr in einen Stamm, und in der Hand blieb ihm nur der Hackstiel, und mit der Säge erging es ihm gerade so. Da warf er alles zur Erde, streckte sich im Moose aus, lauschte dem Gesange der Vögel und beschäftigte sich im Geiste mit seiner Čekanka. Oft dachte er daran, daß ihm der Tod bevorstehe, aber immer baute er auf des Liebchens Worte, das ihm versprochen hatte, ihn nicht zu verlassen. Es ward Mittag, und Čekanka brachte das Essen.

„Ei siehe, ich dachte, du würdest die Hände voll Arbeit haben, und du machst dir's bequem.“

„Wie soll ich arbeiten, da mir Säge und Axt in Splitter gefallen sind? Es hilft nichts, ich werde sterben müssen.“

„Davon sprich gar nicht; hast du denn bereits vergessen, was ich dir gesagt habe? Setz dich und iß, ich werde selbst arbeiten.“

Das sprach sie, ging einige Schritte seitwärts, drehte dreimal den Ring herum, der an ihrem Zeigefinger funkelte und rief: „Auf dieser Stelle will ich

hundert Klafter Holz haben!“ Im nämlichen Augenblicke hörte man’s im Walde fällen, hacken, sägen, und ehe Libor das Mittagsmahl verzehrt hatte, waren hundert Klaftern Holz aufgeschichtet.

Libor staunte über die Zaubermacht seines Liebchens, und von dieser Zeit an fürchtete er nichts mehr. Nach einer Wechselrede, worin Čekanka dem Libor einschärfte, der Mutter ja nichts davon zu sagen, ging sie nach Hause. Abends kam die Alte und erbebte vor Zorn, als sie sah, daß alles fertig, was sie befohlen. Und sie führte den Libor zurück und brachte selber das Nachtessen auf sein Zimmer. Den zweiten Tag früh bekam Libor zwei eisenbeschlagene Eimer und mußte abermals der Alten folgen. Sie kamen zu einem großen Teiche, und die Alte sprach: „Das Wasser in diesem Teiche gieße auf diesen Hügel über, sonst bringe ich dich um.“

Libor setzte sich auf die Erde und erwartete die Mittagszeit. Wozu sollte er sich mit dem Übergießen des Wassers abplagen, da seine Mühe vergeblich gewesen wäre? Zu Mittag erschien Čekanka wieder mit der Mahlzeit. „Wie ich sehe, hast du nicht viel gearbeitet", sagte sie.

„Ich habe auf deine Hilfe gewartet, ohne diese wäre meine Arbeit fruchtlos."

Da drehte Čekanka den Ring um und rief: „Ich will, daß das Wasser aus diesem Teiche auf jenen Berg ströme und dort bis zum Sonnenuntergang bleibe." Im nämlichen Augenblicke verschwand das Wasser aus dem Teiche, und der Hügel war vom Gipfel bis zum Fuße von Wellen umgeben. Mit einem innigen Kusse dankte Libor seiner Geliebten, und diese eilte heim. Als abends die Alte das Wasser am Hügel erblickte, knirschte sie mit den Zähnen, weil ihr Plan abermals mißlang. Zu Hause nachtmahlte Libor ruhig und ging zu Bette; als er früh aufstand, mußte er der Alten auf eine grüne Wiese folgen. Als sie in der Mitte standen, nahm die Alte ein Pfeifchen und ließ einen Pfiff ertönen; da erschienen dreihundert Hasen und sprangen wie Heuschrecken auf der Wiese herum.

„Diese Hasen wirst du bis zum Abend auf der Wiese weiden, wenn dir auch nur ein einziger verlorengeht, bringe ich dich um." Allein, kaum trat sie den Rückweg an, fand sich von den Hasen keine Spur mehr auf der Wiese vor.

„Nur ein Narr möchte diesen Langlöfflern nacheilen, Čekanka wird mir sie schon zusammenrufen", sprach Libor. Und dies geschah auch, denn wie Čekanka kam, drehte sie den Ring um und befahl, daß alle Hasen auf die Wiesen zurückkehren und dort bis zum Abend bleiben sollten. Augenblicklich war die Wiese ihrer voll, und nicht ein einziger fehlte.

Die Alte glühte vor Grimm, als sie abends auf der Wiese die Hasen sah, und Libor saß bei ihnen, als könnte er nicht bis fünf zählen.

„Nun ist aber Čekanka mein?" fragte Libor, als sie in das Schloß zurückkamen.

„Morgen kannst du dir sie nehmen", erwiderte die grimmige Zauberin.

Als im ganzen Schlosse nächtliche Stille herrschte, begann es an Libors Fensterlein zu girren: „Vrku, vrku, vrku!" Libor springt aus dem Bette, geht zum Fenster und erblickt ein allerliebstes Täubchen. „Schau, schau, was suchst denn du hier?"

„Und was sollte ich suchen als nur dich, bin ich ja doch deine Čekanka?" antwortet das Täubchen, setzt sich ihm auf die Schulter und pickt mit dem Schnäblein auf seine braune Wangen. „Ich bringe dir einen Rat, was du morgen tun sollst. Die Mutter wird dich in eine Halle führen, wo dreihundert Jungfrauen sein werden, ganz gleich von Antlitz, ganz gleich von Kleidung, daß du dir aus diesen dreihundert mich aussuchst. Wenn du mich erkennen willst, gib fein acht auf die Augen: Die dir mit dem rechten Auge zuwinken wird, die nimm, die werde ich sein."

„Ich danke dir, trautestes Täubchen, obzwar ich dich ohne Augenzwinkern unter Tausenden erkennen würde."

„Glaub das nicht, morgen wirst du dich überzeugen."

Das Täubchen flog davon, und Libor harrte ungeduldig auf die Morgenröte. Kaum hatte er gefrühstückt, kam schon die Alte um ihn und führte ihn in eine große Halle. Da war eine solche Pracht und Herrlichkeit, daß dem Libor Sehen und Hören verging. Auf der goldenen Decke leuchteten der Mond und tausend Sterne aus lauter Diamanten, auf allen Wänden hingen klafterlange Spiegel, und darunter standen Ruhebetten, überzogen mit rotem Samt mit silbernen Blümlein; der Fußboden war aus goldenen und silbernen Platten zusammengesetzt. Was war aber der Glanz aller dieser Sterne, die auf der goldenen Decke funkelten, gegen den Glanz der Augen von dreihundert Jungfrauen, die den Libor mildlächelnd ansahen? Die silbergestickten Gewänder rauschten durch den Saal, jede schwamm gleichsam wie ein weißer Schwan an Libor vorbei, und jede warf ihm einen flüchtigen Blick zu. Libor dankte im Geiste der Čekanka für ihren guten Rat, denn er würde in der Tat nicht recht gewußt haben, welche er wählen solle, hätte nicht die letzte mit dem rechten Äuglein ihm schelmisch zugewunken.

„Das ist die meine", sagte er, die Čekanka bei dem runden Arme erfassend.

„Also behalte sie, aber du darfst nicht früher das Schloß verlassen als morgen früh", sprach die Zauberin.

Libor war mit allem einverstanden, wenn er nun hatte, was er sich wünschte. Als er mit der Liebsten in sein Zimmer kam, fragte er sie, ob sie so viele Schwestern habe?

Und sie antwortete ihm: „Ich habe nur zwei Schwestern; die andern waren Luftgebilde, von meiner Mutter durch Zaubersprüche erzeugt, und sie hätten dich augenblicklich zerrissen, wenn du eine von ihnen gewählt hättest."

„Wie oft hast du mich schon vom Tode erlöst, schöne Jungfrau!" rief Libor und küßte ihre schneeweiße Stirne. „Aber deine Mutter muß ein leibhaftiger Drache sein?"

„Freilich ist sie es, und ich fürchte noch immer, dir könnte etwas Böses widerfahren, und deshalb bleibe ich beständig bei dir."

Einen halben Tag wich sie nicht von seiner Seite, bis sie endlich abends sich in ihr Kämmerlein begab, nachdem sie zuvor sagte: „Sollte ich etwas Verdächtiges vernehmen, so komme ich um dich, und wir wollen fliehen."

Liebe und Furcht ließen den Libor nicht einschlafen. Um Mitternacht klopfte etwas sachte ans Fensterlein. Libor war mit einem Sprunge auf und öffnete das Fenster. Da fliegt in das Gemach ein weißer Schwan, und sich in die Čekanka verwandelnd, spricht sie: „Auf, Libor, schlinge den Arm um meinen Leib, lege dein Haupt an das meine, wir wollen uns mit dem Schleier bedecken, um beide von dannen fliegen zu können, denn die Mutter will dich morgen umbringen."

Libor ließ sich dieses nicht zweimal auftragen, nahm Čekanka um den zarten Leib, neigte sein Haupt an das ihrige, sie warf den Schleier über beide Köpfe,

und schon flogen zwei Schwäne durchs Fenster hinab unter den goldenen Berg, wo zwei Paar Stiefel samt einem Kästchen lagen. Dort verwandelten sich die Schwäne wieder, und Čekanka sagte zu dem Geliebten: „Ein Stiefelpaar ziehst du an, ich das andere; das sind Zwanzigmeilenstiefel, die ich der Mutter weggenommen habe. In diesem Kästchen habe ich Kostbarkeiten, gib wohl acht auf sie."

Nachdem sie die Stiefel angezogen hatten, begannen sie, Hand in Hand auszuschreiten; wie sie einen Schritt taten, hatten sie zwanzig Meilen zurückgelegt. Aber die Alte vernahm dennoch irgendein Geräusch, stand auf, ging in Čekankas Gemach und fand es leer. Sie erschrak und lief zu Libor, und auch dort war niemand. Vor Zorn ganz außer sich läuft sie um die Zwanzigmeilenstiefel, allein auch die Stiefel waren fort. Wütend ergreift sie die Vierundzwanzigmeilenstiefel und eilt den Flüchtlingen nach.

„Sieh dich um, Libor, ob uns niemand folge", sprach Čekanka, als die Sonne aufging.

„In der Ferne seh' ich etwas Schwarzes."

„Das ist meine Mutter; werfe dieses Kästchen zu Boden, tritt darauf und schmiege dich an mich an." Nach diesen Worten drehte Čekanka ihren Ring um und rief: „Der Liebste sei ein Busch und ich die Rose daran."

Nach einer kurzen Weile eilte desselben Weges das böse alte Weib daher, wie ein wilder Löwe, aber den Rosenbusch, woselbst eine einzige Knospe aufzublühen begann, nahm es nicht wahr. Kaum war es dem Gesichte entschwunden, nahmen die Liebenden ihre früheren Gestalten wieder an und flohen weiter. Die Alte erkannte aber, daß sie einen unrechten Weg gehe, kehrte um und kam ihnen abermals auf die Spur.

„Sieh dich um, Libor, wer uns nachgehe?" fragte Čekanka im dunklen Walde.

„Ich sehe nichts, aber in der Ferne höre ich ein Geräusch."

„Das ist meine Mutter; tritt auf das Kästchen." Abermals drehte sie dreimal den Ring um und sagte: „Mein Liebster sei ein Kirchlein, ich die Kanzel."

Wieder lief vor lauter Wildheit die Alte vorüber, ohne das Kirchlein und die Kanzel eines Blickes zu würdigen. Die Liebenden waren froh und eilten weiter. Abermals merkte das Drachenweib, daß es den rechten Weg nicht gehe und kehrte um.

„Sieh dich um, Libor, wer uns nachgehe?" fragte Čekanka auf einer großen Wiese.

„Ich sehe etwas Schwarzes."

„Das ist die Mutter, tritt auf das Kästchen." Wieder drehte sie dreimal den Ring um und rief: „Mein Liebster sei ein Teich, ich ein Schwan darauf."

Das geschah sogleich, allein die Alte nahm es dennoch aus der Ferne wahr. Als sie zu dem Teiche kam, verwandelte sie sich in einen Ochsen und begann das Teichwasser zu schlürfen. Schon schwamm der arme Schwan beinahe am trockenen Grunde und glaubte jede Minute, von der Alten verschlungen zu werden, da plötzlich zerplatzte der aufgedunsene Ochs', und das Wasser lief in den Teich zurück.

Freudig schlägt der Schwan mit den Flügeln, und Teich und Schwan werden wieder Libor und Čekanka.

Um nicht den häßlichen Leichnam der unmenschlichen Mutter anschauen zu müssen, gingen sie weiter, und da sie nun nichts mehr zu fürchten hatten, ruhten sie ein Stündlein aus. Dann eilten sie mit frischer Lust der Heimat zu.

Libors Mutter war schwach und krank vor Herzeleid, Tag und Nacht dachte sie an ihren Sohn, wo er sich wohl aufhalte und ob sie ihn vor ihrem Tode noch wiedersehen werde. Eines Tages, gerade wie dazumal, als Libor die Braut brachte, eilt eine schöne Jungfrau am Fenster vorbei, die Tür geht auf, und herein treten Libor und Čekanka. Hätte der Sohn die Mutter nicht in seinen Armen aufgefangen, sie wäre zu Boden gefallen.

„Komm, Mutter, gib die Hütte, wem du willst, wir haben eine andere Wohnung für dich", sagte Libor, nachdem sie sich ein wenig erholt hatte und mit ihnen redete.

Als sie erfuhr, daß der Sohn ein Fürstentum besitze, schenkte sie ihre Hütte einem armen Weibe und ging mit ihrem Liebling. Hinter der Hütte stand ein Wagen mit vier Pferden, alle drei setzten sich hinein, und flugs ging es zu dem Schlosse, das sich Libor und Čekanka auf der Reise in die Heimat angekauft hatten. Libor lebte mit seiner Gemahlin in lauter Wonne, und bis an ihre letzten Tage trübte der Himmel ihre Liebe nicht. Großmütterchen ward über dem Glücke ihres Sohnes wieder frisch und gesund und wiegte noch Enkel auf ihren Knien.

Käthe und der Teufel

nach Božena Němcová

In einem Dorfe war eine alte Jungfer namens Käthe. Sie besaß ein Häuschen, ein Gärtlein und dazu noch ein paar Gulden, aber wenn sie auch ganz im Golde gesessen wäre, hätte sie auch nicht einmal der ärmste Gesell' geheiratet, denn sie war schlimm wie der Teufel, und wenn sie zankte, so hörte man es zehn Mal hundertfünfundzwanzig Schritte weit. Aber wenn im Dorfe am Sonntag Musik war, da war Käthe die allererste dabei: Die Burschen winkten den Mädchen, und diese ließen sich in das Rad führen, doch der Käthe wurde solches Glück noch kein einzig Mal in ihrem Leben zuteil, obzwar sie schon vierzig Jahre alt war, niemand wollte mit ihr tanzen, und wenn sie auch den Dudelsackpfeifer selbst bezahlt hätte. Trotzdem ließ sie keinen einzigen Sonntag aus. Einmal geht sie auch und denkt sich am Wege: „Bin schon so alt und habe noch nie mit einem Burschen getanzt, ist das nicht zum Ärgern? Wahrlich, heute möchte ich selbst mit dem Teufel tanzen!"

Zornig kommt sie in das Wirtshaus, setzt sich zum Ofen und schaut zu, wer zum Tanzen gehe und wen er nehme. Plötzlich tritt in die Tür ein Herr in Jägertracht, setzt sich unweit der Käthe nieder und läßt sich einschenken. Die Magd bringt das Bier, der Herr nimmt und trägt es zur Käthe, daß sie ihm zutrinke. Käthe wunderte sich im Geiste eine Weile lang, daß der Herr ihr eine solche Ehre bezeige, eine Weile lang zierte sie sich spröde, aber endlich tat sie recht gern einen Trunk. Der Herr stellte den Krug nieder, zog aus der Tasche einen Dukaten, warf ihn dem Dudelsackpfeifer hin und rief: „Ein Solo, ihr Burschen!" Die Burschen traten auseinander, und der Herr führte die Käthe zum Tanze.

„Ei, zum Geier, wer mag das sein?" fragten die Alten und steckten die Köpfe zusammen; die Burschen schnitten Gesichter, und von den Dirnen versteckte sich eine hinter die andere und bedeckte das Gesicht mit der Schürze, daß Käthe ihr Lachen nicht sehe. Aber Käthe sah niemanden, sie war froh, daß sie tanze, und würde auch die ganze Welt gelacht haben, sie hätte sich nichts daraus gemacht. Den ganzen Nachmittag, den ganzen Abend tanzte der Herr nur mit der Käthe, kaufte ihr Marzipan und Zukkerwasser, und als die Zeit zum Nachhausegehen gekommen war, gab er ihr das Geleite durch das Dorf.

„Könnte ich all mein Lebtag so mit Euch tanzen wie heute", sagte Käthe beim Abschiede.

„Ei, das kann geschehen, komm mit mir."

„Und wo wohnet Ihr?"

„Hänge dich mir um den Hals, ich werde es dir sagen."

Käthe tat es, aber in diesem Augenblicke verwandelte sich der Herr in den Teufel und flog mit ihr geradenwegs zur Hölle. Bei der Pforte hielt er an und pochte, die Kameraden kamen, machten auf, und als sie den Genossen so ganz abgemüdet sahen, wollten sie ihm die Käthe abnehmen. Allein diese hielt fest wie eine Zange und wollte sich um keinen Preis herunternehmen lassen; so mußte sich der Teufel mit der Käthe am Halse zum Herrn Oberteufel verfügen.

„Wen bringst du da?“ fragte ihn der Gebieter.

Und da erzählte der Teufel, wie er auf seiner Wanderung durch die Oberwelt Käthes Sehnsuchtsruf nach einem Tänzer vernommen und sie zu trösten versucht habe, indem er sich mit ihr in den Tanz eingelassen, zum Schlusse habe er ihr auch einmal die Hölle zeigen wollen. „Ich wußte nicht“, schloß er, „daß sie mich nicht werde loslassen wollen.“

„Weil du ein Dummkopf bist und meine Lehre dir nicht merkst“, fuhr ihn der alte Herr an. „Ehe du mit jemandem etwas anfängst, sollst du zuvor seine Sinnesart kennen; hättest du bei Käthes Begleitung daran gedacht, würdest du sie nicht mit dir genommen haben. Nun aber geh mir aus den Augen und schau zu, wie du ihrer loswirst.“

Voll Verdruß trabte der Teufel mit Jungfer Käthe nach der Oberwelt zurück. Er versprach ihr Berge und Täler, wenn sie ihn loslassen wollte, er schimpfte, aber alles war umsonst. Erschöpft, zornig kommt er mit seiner Bürde auf eine Wiese, wo ein junger Schäfer, in einen gewaltigen Pelz gehüllt, Schafe weidete. Der Teufel war in gewöhnlicher Menschengestalt, und deshalb erkannte der Schäfer ihn nicht. „Wen tragt Ihr da, Freundchen?“ fragte er zutraulich den Teufel.

„Ach, lieber Mensch, ich atme kaum mehr. Denkt Euch nur, ich gehe meines Weges, an nichts Arges denkend, da springt mir dieses Frauenzimmer auf den Hals und will mich um keinen Preis loslassen. Ich wollte sie bis zum nächsten Dorfe tragen und dort auf irgendeine Art sie an den Mann bringen, aber ich vermag es nicht mehr, meine Füße beginnen zu sinken.“

„Nun wartet ein Weilchen, ich werde Euch von der Zudringlichen losmachen, aber nicht auf lange, weil ich dann wieder die Schafe hüten muß. Die Weghälfte etwa will ich sie tragen.“

„Ei, da werde ich froh sein.“

„Hörst du, hänge dich an mich“, schrie der Schäfer der Käthe zu.

Kaum hatte Käthe dies vernommen, ließ sie den Teufel los und erfaßte den zottigen Pelz. Nun hatte der schlanke Schäfer eine hübsche Last zu tragen, die Käthe und den gewaltigen Pelz! Und dessen ward er bald genug überdrüssig; da sann er nach, wie er Käthe loswerden könnte. Aber wie? Wenn er so den Pelz samt ihr ausziehen könnte! Langsam versuchte er, ob es ginge, eben als er bei einem Teiche angelangt war. Und siehe! Er zieht eine Hand heraus, Käthe weiß nichts, er zieht die andere heraus, Käthe weiß noch immer nichts, er löst das erste Bändchen vom Knopfe los, er löst das zweite los, das dritte und plumps – Käthe liegt samt dem Pelze im Wasser.

Der Teufel war dem Schäfer nicht nachgegangen, sondern saß auf der Erde und hütete die Schafe, schauend, wann der Schäfer mit Käthe zurückkehren werde. Er mußte nicht lange warten. Den nassen Pelz auf der Schulter, eilte der Schäfer zu der Wiese, da er dachte, der Fremde werde schon beim Dorfe und die Herde allein sein. Als sie zusammentrafen, schaute einer auf den anderen. Der Teufel staunte, daß der Schäfer ohne Käthe zurückkomme, und der Schäfer, daß der Herr dort noch sitze. Nachdem sie ins reine gekommen waren, sagte der Teufel zum Schäfer: „Ich danke dir, du hast mir einen großen Dienst erwiesen, denn ich hätte mich sonst vielleicht bis zum Jüngsten Tage mit Käthe abschleppen müssen. Ich werde dich nie vergessen und werde dich einmal reichlich belohnen. Damit du aber wissest, wem du aus der Not geholfen hast, so sage ich dir, ich sei der Teufel." Das sagte er und verschwand. Der Schäfer war eine Weile verblüfft, dann sagte er zu sich selbst: „Wenn alle Teufel so dumm sind wie der da, so ist es gut."

In dem Lande, wo der Schäfer lebte, regierte ein junger Fürst mit zwei Statthaltern, welche aber alle äußerst übel

wirtschafteten. Im ganzen Lande verfluchten die Leute den Fürsten und seine Statthalter. Einmal berief der Fürst einen Sterndeuter und befahl ihm, sein und seiner beiden Statthalter Schicksal in den Sternen zu lesen. Der Sterndeuter gehorchte und forschte in den Gestirnen nach, welch ein Ende das Leben dieser drei Ruchlosen haben werde.

„Verzeihe, Fürstliche Durchlaucht“, sagte er, als er seine Forschung vollendet hatte, „dir und deinen Statthaltern droht

eine solche Gefahr, daß ich mich scheue, sie auszusprechen.“

„Sprich nur, mag was immer zum Vorschein kommen! Du aber mußt hierbleiben, und wenn deine Worte nicht in Erfüllung gehen, kommst du um den Kopf.“

„Ich unterwerfe mich gerne deinem Gebote. Höre denn: Ehe das zweite Mondviertel da ist, holt deine beiden Statthalter der Teufel, in der und der Stunde, an dem und dem Tage, und beim Beginn des Vollmondes kommt er auch um dich, Fürstliche Durchlaucht, und bringt euch alle drei lebendigen Leibes in die Hölle.“

„Ins Gefängnis führt diesen lügnerischen Betrüger!“ befahl der Fürst, und die Diener taten nach seinem Geheiße. Aber im Herzen war dem Fürsten nicht so zumute, wie er sich den Schein gab; die Worte des Sterndeuters erschütterten ihn wie die Stimme des Weltgerichtes. Zum ersten Male ward sein Gewissen rege! Die zu Tode erschreckten Statthalter rafften alle ihre Reichtümer zusammen, fuhren hinaus auf ihre Güter und ließen ihre Burgen von allen Seiten verrammeln, damit der Teufel sie nicht holen könnte. Der Fürst kehrte aber allgemach auf den rechten Weg zurück und hoffte, es dürfe vielleicht doch nicht das schreckliche Geschick in Erfüllung gehen.

Von diesen Dingen hatte der arme Schäfer keine Ahnung; Tag für Tag weidete er seine Herde und kümmerte sich nicht im geringsten darum, was in der Welt sich zutrug. – Eines Tages steht unverhofft der Teufel vor ihm und spricht zu ihm also: „Schäfer, ich bin gekommen, deinen Dienst dir zu vergelten. Nach dem ersten Mondesviertel soll ich die ehemaligen Statthalter in die Hölle tragen, weil sie die armen Leute bestahlen und dem Fürsten schlechten Rat erteilten. Aber weißt du was, da ich sehe, daß sie sich bessern werden, so lasse ich sie da, und dabei will ich zugleich auch dich belohnen. An dem und dem Tage verfüge dich in das erste Schloß, wo eine große Menge von Leuten versammelt sein wird. Wie im Schlosse ein großer Lärm laut wird, die Diener das Tor öffnen und ich den Herrn hinausführe, da tritt an mich heran und sage: ‚Entferne dich augenblicklich, sonst wird es dir schlecht gehen!‘ Ich werde dir gehorchen und gehen. Aber hernach lasse dir von dem Herrn zwei Säcke Goldes geben, und falls er sie nicht geben wollte, so sage nur, du werdest nur rufen. Von ihm begib dich zu dem zweiten Schlosse, tue dort ein gleiches und verlange einen gleichen Lohn. Mit dem Golde wirtschafte jedoch wohl und gebrauche es zum Guten. Zur Vollmondszeit muß ich den Fürsten selbst holen, aber ich möchte dir nicht raten, auch ihn befreien zu wollen, sonst mußt du die eigene Haut hergeben.“ So sagte er und entfernte sich.

Der Schäfer merkte sich jedes Wort. Als das erste Mondviertel um war, kündigte er den Dienst auf und verfügte sich in das Schloß, wo einer der beiden Statthalter wohnte. Er kam dort eben zur rechten Zeit an. Die Leute standen da in großen Haufen und sahen zu, bis der Teufel den Herrn forttragen würde. Da erhebt sich im Schlosse ein verzweiflungsvolles Schreien, das Tor öffnet sich und der Schwarze schleppt den erdfahlen und halbtoten Herrn heraus. Da tritt der Schäfer aus der Menge hervor, nimmt den Herrn bei der Hand und schiebt den Teufel mit den Worten zur Seite: „Entferne dich, sonst wird es dir schlecht-gehen!“

Augenblicklich verschwindet der Teufel, und der entzückte Herr küßt dem Schäfer die Hand und fragt ihn, welch eine Belohnung er verlange. Als der Schäfer sagte, daß er zwei Säcke Goldes haben wolle, befahl der Herr, man möge ihm soviel unverzüglich überreichen. Zufrieden schritt der Schäfer zu dem zweiten Schlosse und verrichtete hier alles so glücklich wie bei dem ersten. Es versteht sich von selbst, daß der Fürst zeitlich genug von dem Schäfer hörte; denn er fragte ohnehin beständig nach, wie es mit den Herren ausgefallen sei. Nachdem er dies alles vernommen hatte, schickte er einen Wagen mit vier Pferden um ihn, und als man ihn brachte, bat er ihn inständig, er möge sich auch seiner erbarmen und ihn aus den höllischen Klauen erretten.

„Mein Gebieter“, entgegnete der Schäfer, „Euch kann ich es nicht versprechen; es handelt sich da um mich. Ihr seid ein großer Sünder, aber wenn Ihr Euch vollständig bessern, gerecht, gütig und weise Euer Volk regieren wollet, wie es sich für einen Fürsten geziemt, so möchte ich den Versuch machen, und sollte ich selbst an Eurer Stelle in die brennende Hölle gehen.“

Der Fürst sagte wahrhaften Sinnes alles zu, und der Schäfer ging fort, nachdem er versprochen hatte, sich am bestimmten Tage einfinden zu wollen.

Mit Angst und Schrecken erwartete man überall den Vollmond. Wie sehr man anfänglich dem Fürsten sein Geschick gönnte, so sehr bedauerte man ihn jetzt, denn von der Zeit an, wo er sich gebessert hatte, konnte sich niemand einen braveren Fürsten wünschen. Die Tage rinnen schnell dahin, mag sie der Mensch mit Freud oder Leid zählen! Ehe sich der Fürst dessen versah, war der Tag vor der Tür, an dem er von allem, was ihn freute, Abschied nehmen sollte.

Im schwarzen Anzuge, totenblaß saß der Fürst da und erwartete entweder den Schäfer oder den Teufel. Plötzlich öffnet sich die Tür, und der Schwarze steht vor ihm.

„Mach dich bereit, Herr Fürst, die Stunde ist um, ich bin da, um dich zu holen."

Ohne ein Wort zu erwidern, erhob sich der Fürst und schritt mit dem Teufel in den Hofraum, woselbst eine unzählige Menschenmenge stand. Da drängt sich durch den Haufen der Schäfer ganz erhitzt, läuft geraden Weges auf den Teufel zu und ruft schon in der Ferne: „Fliehe, fliehe, sonst wird es dir schlecht ergehen."

„Wie kannst du dich erdreisten, mich aufzuhalten? Weißt du nicht, was ich dir gesagt habe?" flüsterte der Teufel dem Schäfer zu.

„Du Narr, mir ist es nicht um den Fürsten, sondern um dich zu tun. Käthe lebt und fragt nach dir!"

Wie der Teufel von der Käthe reden hörte, war er wie weggeblasen und ließ den Fürsten in Ruhe. Der Schäfer lachte ihn im Geiste aus und war froh, mittelst dieser List den Fürst gerettet zu haben. Dafür machte ihn der Fürst zu seinem ersten Minister und liebte ihn wie seinen eigenen Bruder. Er hatte sich aber auch wirklich gut beraten, denn der arme Schäfer war ein treuer Ratgeber und redlicher Beamter. Aus den zwei Goldsäcken behielt er keinen Kreuzer für sich, er half damit jenen, welche von den Statthaltern ausgesaugt worden waren.

Die schlaue Prinzessin

nach Božena Němcová

Zwei Handwerksburschen wanderten durch die Welt. Einstmal kamen sie zu einem schönen Schlosse und schauten über den Zaun in den Garten, wo eine schöne Prinzessin lustwandelte. „Bořek, weißt du, was ich mir wünschen würde?“ fragte der eine von ihnen, ein junger hübscher Geselle.

„Du wolltest vielleicht der Herr dieses Schlosses sein, nicht?“ erwiderte Bořek.

„Fehlgeschossen! Die Prinzessin möchte ich gern haben.“

„Jiřík, du bist nicht dumm; aber mache dir keine eitlen Gelüste und komm, wir haben noch ein hübsches Stück Weges vor uns.“

„Bořek! Dem Teufel gäbe ich die Seele hin, wenn ich diese Prinzessin bekäme.“

„Das möchte ich doch nicht tun“, antwortete Bořek und zog den Jiřík vom Zaune fort. Sie gingen bis in den kühlen Wald unweit der Stadt, und dort legten sie sich im Schatten nieder, um die ermüdeten Glieder zu stärken. Bořek schlief sehr bald ein, aber Jiřík konnte durchaus nicht einschlummern, denn er dachte beständig an die schöne Prinzessin. Da ging ein junger Herr in grüner Kleidung vorüber, und als er sah, daß Jiřík wach sei, blieb er bei ihm stehen.

„Gutes Wohlsein, junger Mann, wohin wandert Ihr?“ fragte er den Jiřík.

„Wir durchreisen die Welt, aber ich habe das schon satt, der Mensch sieht dabei aus wie ein Hund.“

„Das glaube ich gern, das beste ist, Herr zu sein.“

„Das versteht sich, wenn nur jedermann es sein könnte.“

„Ei nun, oft kommt es nur auf das Wollen an.“

„Das Wollen wäre schon oft da, wenn nur das Erfüllen nicht auf sich warten ließe. Ich zum Beispiel möchte gern die Prinzessin aus dem nahen Schlosse haben und habe schon vordem gesagt, dem Teufel die Seele geben zu wollen, wenn ich jene bekäme.“

„Meinst du es im Ernste?“

„Im Ernste, im Ernste.“

„Dein Wunsch soll erfüllt werden. Ich bin der Teufel, und wenn du dich mir verschreibst, bist du in einer Viertelstunde ein reicher Prinz und kannst zu der Prinzessin fahren, die dich liebgewinnen und zum Gatten nehmen wird. Hier ist ein Blatt Papier und eine Feder, ritze dich in den kleinen Finger, und mit dem Blute unterschreibe deinen Namen.“

Ohne Zögern nahm Jiřík die Feder, ritzte sich in den kleinen Finger und verschrieb sich mit seinem Blute dem Teufel.

„So, nun bist du mein. Und in wieviel Jahren soll ich dich holen?“

„Ei nun, ich denke nach zwanzig Jahren; wenn ich so lange die Liebe der schönen Prinzessin und die irdische Freude genossen haben werde, gehe ich gern mit dir."

„Wohlan denn, hier hast du einen goldgefüllten Beutel; du magst daraus die Dukaten holen, solange du willst, er bleibt immer voll. Binde dein Bündel auf, deine Kleider daselbst sind in fürstliche verwandelt. Kleide dich an, hinter dem Walde erwarten dich einige Diener mit einem für dich gesattelten Pferde. Setze dich auf und reite in das Schloß, wo du dich für einen Prinzen oder Fürsten ausgeben kannst."

„Aber ich kann ja nicht so reden, wie es sich für einen Fürsten geziemet, und verrate mich augenblicklich."

„Habe keine Sorge, alles wirst du kennen, woran du nur denkst, und alles wird man dir glauben. Geh nur, solange dein Kamerad nicht erwacht."

Hierauf verschwand der Teufel, Jiřík schnürte sein Bündel auf, fand dort wirklich ein kostbares Gewand und kleidete sich an. Dann ging er hinter den Wald, wo ihm schon reichgeschmückte Diener entgegengeritten kamen. Jiřík schwang sich auf das feurige Pferd so behend, als hätte er bei dem geschicktesten Stallmeister Unterricht genossen. Darauf nahmen sie die Richtung zu dem Fürstenschlosse. Mittlerweile war Bořek erwacht, und als er den Jiřík an seiner Seite nicht sah, hielt er dafür, er sei vorausgegangen; er raffte also seine Sachen zusammen und eilte weiter. Lassen wir ihn gehen, wohin er will, und sehen wir nach, was indessen im Schlosse vorging.

Die junge Prinzessin befand sich noch im Garten, als Jiřík in das Schloß einritt. Und er ließ sich bei dem Könige anmelden, er sei der Prinz soundso aus dem und jenem Lande und bitte den Fürsten um eine kurze gastliche Aufnahme in seinem Schlosse.

Der König hieß ihn mit großer Artigkeit willkommen, Gemächer wurden sogleich vorgerichtet, und die Diener mußten die Koffer und Sachen des Prinzen, mit denen ihn der Teufel ausgestattet hatte,

hineintragen. Eine prächtige Mahlzeit ward zubereitet, und Jiřík kleidete sich in lauter Gold, um das Wohlgefallen der Prinzessin zu erregen. Und das glückte ihm in der Tat, kaum daß die Prinzessin seiner ansichtig wurde. Ihr einziger Wunsch war, der hübsche Prinz möge beständig bei ihnen bleiben. Aber Jiřík drehte sich auch flink um sie herum wie ein Spinnrädchen, und die Rede floß ihm wie Wasser. Als er einen Tag im Schlosse zugebracht hatte, stellte er sich, als wolle er abreisen, indessen hatte er Angst genug, daß man ihn wirklich fortlassen könnte.

Allein die Prinzessin vertraute dem Vater ihren Wunsch an und bat ihn, er möge den Prinzen noch länger zurückhalten; dies tat der Vater auch, und Jiřík blieb gern. Eines Tages war er mit der Prinzessin allein und benützte diesen Augenblick, um ihr seine Liebe zu gestehen, und nachdem er vernommen, daß auch sie ihn liebe, ging er zum Vater und bat um ihre Hand. Ein Königreich, sagte er, habe er aus dem Grunde nicht, weil er der jüngste Sohn sei, könne sich aber augenblicklich auch das größte kaufen. Ohne die geringste Einwendung gab ihnen der alte Fürst seinen Segen und ernannte den Jiřík zum Mitregenten. Bald war die Hochzeit gefeiert, und Jiřík war wie im Himmel!

Das Volk gewann ihn lieb, denn er war gut und fügte niemandem ein Unrecht zu. Einige Jahre darauf starb der alte König, und Jiřík war nun selbst der Herrscher.

Schon hatte er zwei Söhne und eine Tochter und lebte mit seiner Gemahlin sehr glücklich. Manchmal freilich erinnerte er sich des Teufels, meinte aber stets: „Bis zu jener Zeit ist es noch weit, wer weiß, was noch geschieht."

Aber diese Zeit verfloß wie nichts, und schon fehlte zu den zwanzig nur ein einziges Jahr. Nun erst kam Jiřík recht zur Besinnung und konnte jetzt vor lauter Angst Tag und Nacht nicht schlafen. Bleich wie ein Schatten irrte er in seinem Schlosse umher und blickte mit Schmerz auf seine Kinder und seine teure Gattin. Was entginge den Augen einer liebenden Gemahlin? Öfter fragte sie den Jiřík, was ihm fehle, aber er hatte allerlei Ausreden und wollte niemals die wahre Ursache nennen. So dauerte es durch ein ganzes Jahr, bis ihm nur ein einziger Tag übriggeblieben. Den ganzen Tag genoß er nichts und verschloß sich in sein Gemach, um die Tränen der Gattin nicht sehen zu müssen und ihren Fragen auszuweichen. Aber abends ging die Tür von selbst auf, und ein grüngekleideter junger Herr trat ein.

„Nun Jiřík", sagte er zu dem bleichen Fürsten, „hast du bereits daran gedacht, daß heute die zwanzig Jahre um sind und daß du mit mir gehen sollst?"

„Wie könnte ich darauf vergessen; aber schau, ich habe noch manches zu ordnen, ich habe von meiner Gattin noch nicht Abschied genommen, vergönne mir also noch drei Tage."

„Das mach' ich dir und noch viel mehr. Wähle dir durch diese drei Tage je ein Ding, mag es was immer sein, und wenn ich nicht imstande sein sollte, dir es auszuführen, so gebe ich dir den Zettel zurück und werde an dich gar kein Recht mehr haben."

Jiřík war dem Teufel dafür sehr dankbar, denn er dachte, auf irgendeine Art den Teufel betrügen zu können. Viel heiterer trat er aus seinem Gemache und ging zu der Fürstin. Als die Fürstin das Lächeln auf dem Antlitz ihres Lieblings sah, wurde auch sie heiter, sie gingen zusammen spazieren.

„Sage mir, Teure, was dich so freuen möchte, wenn du es noch hättest?" fragte Jiřík, in der Hoffnung, von der Fürstin etwas zu erfahren, weil er selber keine Arbeit für den Teufel ersinnen konnte.

„Ei, ich habe ja alles, und nur dies möchte ich mir wünschen, daß du heiterer werdest."

„Ich bin ja schon wieder heiter genug. Aber sage es doch, es handelt sich ja nur um das Wort. Wie wolltest du noch das Schloß geschmückt haben?"

„Unser Schloß ist von der Vorderseite schön genug, aber auf der Rückseite gibt es keine Aussicht. Wenn jener gewaltige Felsen nicht wäre, dann wäre es besser."

„Du hast recht", erwiderte Jiřík und beschloß sogleich, diese Aufgabe dem Teufel zu stellen. Gegen Abend stand der Teufel vor dem Fürsten und fragte ihn, was er verlange, daß er tue.

„Ich will, daß du mir bis zum Morgen den Felsen, der uns die Hinterseite des Schlosses ganz verdunkelt, beseitigest."

„Es soll geschehen, wie du verlangst", antwortete der Teufel, und der Fürst glaubte, der Teufel werde dies nicht ausführen können, aber er erschrak gewaltig, als er in der Früh aufstand und zum

Fenster hintretend eine weite Fläche erblickte, und von einem Felsen nicht die geringste Spur. Er holte seine Gattin und zeigte ihr dies.

„Um Gott, Mann! Stehst du mit dem Teufel in Verbindung, oder bist du ein Hexenmeister?“ rief die Fürstin und schaute verwunderungsvoll hinaus.

„Da hätte ich dir schon längst diese Freude gemacht, aber ich weiß selber nicht, wie dies zugegangen, vielleicht hat irgendein Kobold unser Zwiegespräch gestern belauscht. Wünsche dir also ab sichtlich noch irgendein Ding, ob es dir in Erfüllung gehen wird?“

Die Fürstin aber war eine gescheite Frau, sie wußte, daß dies mit rechten Dingen nicht zugehe und daß ihr Gemahl etwas Schreckliches verheimliche. Sie sagte also zum Scheine, daß sie sich wünsche, die ganze weite Ebene möge in den schönsten Garten verwandelt sein, Blumen, Kräuter und Bäume aus allen Weltgegenden solle es dort geben und dies alles in voller Blüte. Aber im Geiste dachte sie: „Wart, wenn das morgen wirklich geschieht, dann lasse ich nicht ab, bis Jiřík mir sein Geheimnis bekennt.“ – Abends erhielt der Teufel den Auftrag, auf der Ebene einen Garten zu bilden, worin sich Blumen und Bäume aus allen Weltgegenden befinden sollten. Der Teufel sagte dies zu und ging fort. Als am Morgen der Fürst erwachte, machte ihn bestürzt der Duft von tausenderlei Blumen, welche in der schönsten Blüte auf der weiten Ebene prangten. Es war ein großes schönes Paradies! Auch die Fürstin kam herbei und betrachtete teils mit Schrecken, teils mit Wohlgefallen die prächtigen Blumen. Plötzlich jedoch wandte sie sich davon ab, nahm den Jiřík bei der Hand und sagte: „Nun, mein teurer Gemahl, darfst du mir nicht länger verheimlichen, daß du mit dem Teufel im Bunde stehest. Ich weiß dies bestimmt, und du sage mir lieber, welche Frist dir noch gegönnt sei, damit ich dich tröste oder mit einem guten Rate dir beistehe?“

„Es ist schon zu spät, mein Herz, heute ist der letzte Tag, abends kommt er noch, um sich einen Auftrag zu holen, und dann bin ich ihm verfallen.“ Hierauf erzählte Jiřík vom Anfang bis zum Ende, was er einst gewesen, und was sich mit ihm zugetragen. Die Fürstin verzieh ihm gern alles, weil sie ihn überaus liebte und weil sie wußte, daß er nur aus Liebe zu ihr gefehlt habe.

„Sei nicht traurig und wehklage nicht, daß es niemandem auffalle. Wir wollen guter Laune sein, und wenn abends der Teufel kommt, so schicke ihn nur zu mir. Ich werde mir bis zu dieser Zeit etwas aussinnen.“

Jiřík war wie neugeboren, und alle Last fiel ihm ab. Sogleich folgte er seiner Gemahlin und war den ganzen Tag mit den Kindern fröhlich, als wäre zeitlebens nicht das geringste vorgefallen. Abends stellte sich zur bestimmten Stunde der Teufel ein. „Was hast du dir heute ausgedacht?“ fragte er den Fürsten.

„Geh nur zu meiner Frau, sie wird dir sagen, was sie will, ich weiß nichts mehr.“

Der Teufel trat in das Gemach der Fürstin, die ihn bereits erwartete.

„Bist du jener Teufel, der meinen Gemahl forttragen soll?“ – „Ja.“

„Kann ich mir also an seiner Statt eine Sache auswählen, mag sie wie immer beschaffen sein?“

„Ja.“

„Und wenn du mir sie nicht ausführst, hast du zu ihm keine Macht mehr?“

„Nein.“

„Wohlan denn, komm her und reiße mir drei Haare aus dem Kopfe, aber es darf ihrer nicht mehr und nicht weniger sein, und ich darf auch nicht den geringsten Schmerz dabei empfinden.“

Der Teufel verzog das Gesicht, trat näher zu der Herrin, ergriff hastig drei Haare und riß sie aus. Aber die Herrin schrie dennoch auf. „Schau, da hast du schon ein Strichlein am Kerbholz; ich habe dir gesagt, daß ich auch nicht den geringsten Schmerz dabei empfinden solle, aber sei's, das sehe ich dir nach, nun aber nimm die drei Haare und miß sie.“

Der Teufel maß sie, und die Frau sprach dann wieder: „Nun machst du mir jedes dieser Haare um zwei Ellen länger, aber daß du ja nicht glaubst, die Sache abgetan zu haben, wenn du ein fremdes ansetztest; ebendiese Haare selbst mußt du um zwei Ellen verlängern.“

Der Teufel sah eine Weile die Haare an, wußte sich aber nicht zu raten und bat also die Fürstin um die Erlaubnis, dieselben in die Hölle nehmen und sich mit seinen Genossen beraten zu dürfen. Die Fürstin gestattete ihm dies, und der Teufel verschwand mit den Haaren.

Als er in die Hölle kam, rief er alle Genossen zusammen, legte die Haare vor Luzifer auf den Tisch und sagte, was mit ihnen zu geschehen habe.

„Diesmal hast du verspielt, Schlaukopf“, sagte der Gebieter, „ein anderer loser Vogel hat dich überlistet. Was damit? Dehnen wir die Haare aus, so reißen sie, fangen wir an, sie zu hämmern, so fallen sie in Stücke, geben wir sie ins Feuer, so verbrennen sie. Dir bleibt nichts anderes übrig, als umzukehren und anstatt der Haare den Zettel abzuliefern.“

„O ich gehe nicht zu ihr, es könnte mir dort recht schlimm ergehen.“

„Warum nimmst du dich nicht besser in acht? Nun gehe und liefere ab, was dir nicht mehr gehört.“

Der Teufel mußte den Zettel nehmen und jenem abliefern, dem er gehörte. Er flog also zu dem Schlosse hin, da er aber fürchtete, dort einzutreten, so paßte er beim Fenster auf, bis der Fürst dasselbe aufmachen würde. Als er dies erharrt hatte, warf er den Zettel ins Zimmer und verschwand. Mit unaussprechlicher Freude hob Jiřík den Zettel auf und lief zu seiner Gemahlin, welche schon vorauswußte, wie die Sache ausfallen werde. Sie dankten Gott, daß er sie aus der Gefahr glücklich geleitet habe, und lebten glücklich zusammen, bis sie starben.

Der Feuervogel und der Feuerfuchs

nach Karel Jaromír Erben

Ein König hatte einen großen, schönen Garten. Darin standen gar viele seltene Bäume, doch der allerseltenste war ein Apfelbaum, der in des Gartens Mitte stand. Er trug jeden Tag einen Apfel, und dieser war golden: Früh blühte er ab, den Tag über wuchs er, und bis zum Anbruch der Nacht war er reif, und am anderen Morgen blühte schon wieder ein anderer. Aber keiner von den reifen Äpfeln sah das nächste Frührot, jedesmal verschwand er des Nachts von dem Baume, und niemand wußte, wohin und wie? Der König war darüber sehr betrübt. Einmal rief er seinen ältesten Sohn zu sich und sprach: „Heute in der Nacht wirst du, mein Sohn, Wache halten gehen: Erforschest du, wer mir diese Äpfel forttrage, dann will ich meinen Schatz nicht schonen, um dir dafür erkenntlich zu sein; wird es dir aber gelingen, den Dieb zu fangen, will ich dir dafür die Hälfte des Königreiches geben."

Der Prinz schnallte sich ein Schwert um die Hüften, nahm auf die Schulter eine Armbrust, steckte hinter den Gurt einige scharfgespitzte Pfeile und ging in der Abenddämmerung in den Garten Wache halten. Dort setzte er sich unter den Apfelbaum und wartete. Nicht lange saß er, so überkam ihn der Schlaf, und er konnte sich dessen auf keine Weise erwehren; die Hände sanken ihm ins Gras, die Augen schlossen sich, und der Prinz schlief fest bis zum weißen Tageslichte. Als er in der Frühe erwachte, war der Apfel schon wieder verschwunden. – „Wie steht's?" fragte der König. „Hast du den Dieb gesehen?" – „Es ist niemand gekommen", antwortete der Prinz, „der Apfel verschwand von selbst." – Der König schüttelte mit dem Haupte und wollte dies nicht glauben. „Gehe heute du Wache halten, mein Sohn!" sprach er zu dem Jüngeren. „Und wenn du den Stehler ertappst, so will ich dich reichlich belohnen."

Der zweite Prinz bewaffnete sich wieder so wie der erste und ging auf die Wache. Doch nach einer Weile schlief auch er unter dem Apfelbaume ein wie der ältere Bruder, und als er erwachte, war der Apfel verschwunden. Als ihn dann der Vater am Morgen fragte, wer den Apfel genommen, antwortete er: „Niemand; er verschwand von selbst." – Nun sagte der jüngste Königssohn: „Vater! Heute will ich wachen, um zu sehen, ob auch mir der goldene Apfel abhanden kommen wird." – „Liebes Kind!" sagte der König zu ihm. „Du wirst, glaube ich, wenig ausrichten; du bist ja noch zu jung und unerfahren. Und wenn es den älteren Brüdern nicht gelungen ist, den goldenen Apfel zu beschützen, dir wird es um so weniger glücken. Doch wenn du willst, so gehe."

Abends, als es zu dunkeln begann, ging der Jüngste in den Garten Wache halten.

Er nahm gleichfalls ein Schwert, eine Armbrust und einige Pfeile mit sich, doch nebst dem auch eine Igelhaut. Im Garten ließ er sich unter dem Apfelbaume nieder und breitete jene Haut auf den Knien aus, daß ihn diese aufwecke, falls ihn der Schlummer überkäme und die Hände ihm sinken würden. Um Mitternacht kam der Goldvogel herbeigeflogen, setzte sich auf den Baum und wollte den Apfel abpicken. In diesem Augenblicke knarrte die Armbrust des Prinzen, und ein spitziger Pfeil traf die Schwinge des Vogels. Der Vogel flog davon, allein eine goldene Feder fiel aus seinem Flügel zur Erde herab, und der Apfel blieb am Baume.

„Nun, hast du den Dieb?“ fragte am Morgen der König.

„Ich habe ihn nicht“, entgegnete der Prinz, „doch was nicht ist, kann noch werden; vorläufig habe ich ein Stück seines Gewandes.“ Da zog er die goldene Feder hervor und erzählte sein Erlebnis. Der König freute sich sehr über diese Feder; sie war so schön und strahlte einen solchen Lichtschein aus, daß nachts in der königlichen Kammer die Lichter überflüssig waren. Die Höflinge, die in derartigen Dingen bewandert waren, meinten, diese Feder rühre von dem Feuervogel her und sei kostbarer als alle Schätze des Königs.

Von dieser Zeit an zeigte sich der Feuervogel nicht mehr im Garten, und die Äpfel kamen auch nicht mehr abhanden; doch sie freuten den König auch nicht mehr, er dachte stets nur an den Feuervogel und grämte sich sehr, daß er ihn nicht besitze, so daß ihm schon vor lauter Harm das Herz zu welken begann. Eines Tages rief er seine drei Söhne zu sich und sprach: „Liebe Kinder! Ihr sehet, daß ich von Tag zu Tag mehr dahinsieche; doch ich weiß bestimmt, wenn ich den Feuervogel singen hören könnte, dann wäre mein Herz erfrischt. Wer nun von euch mir diesen Feuervogel lebendig bringt, daß er singe, dieser soll sodann gleich die Hälfte des Königreiches bekommen und nach meinem Tode mein Nachfolger sein.“

Die Söhne machten sich nun gleich zur Abreise bereit, nahmen vom Vater Abschied und ritten von dannen, um den goldenen Feuervogel zu suchen. Sie ritten nicht lange und gelangten in einen Wald und im Walde zu einem Kreuzwege. „Welchen Weg schlagen wir ein?“ fragte der jüngste Bruder. – „Wir sind drei und haben vor uns drei Wege“, antwortete der zweite, „jeder schlage also einen davon ein; wenn wir nach drei Seiten ausgehen, werden wir leichter den Feuervogel erfragen.“ – „Und welchen Weg nimmt ein jeder?“ – „Wähle jeder von euch sich die Straße, die ihm beliebt“, sprach der Jüngste, „ich werde jenen Weg einschlagen, der übrigbleibt.“ Die Brüder waren damit zufrieden, und jeder wählte sich eine Straße, wo er zu reiten gedachte. Dann sagte der eine: „Laßt uns auf dieser Stätte irgendein Zeichen bilden, damit jeder, der zuerst heimkehrt, wisse, wie es den anderen ergangen. Jeder stecke ein Reis in die Erde: Wessen Reis grünen wird, der hat – das soll das Vorzeichen sein – den Feuervogel glücklich gewonnen.“

Den Brüdern gefiel dieser Rat, jeder steckte am Rande seines Weges ein Reis in die Erde, und dann ritten sie auseinander.

Der älteste Königssohn ritt auf seiner Bahn stets vorwärts, bis er auf eine Berghöhe gelangte. Da sprang er vom Pferde, ließ es frei weiden und setzte sich selbst im Grase nieder; dann zog er seinen Speisevorrat hervor und begann, sein Mittagsmahl zu halten. Da kam der Feuerfuchs zu ihm herangeschlichen: „Bitte, bitte, liebes Herrlein! Ich bin sehr hungrig, laßt mich auch etwas verkosten." Aber der Prinz ergriff, kaum daß er ihn wahrnahm, die Armbrust und schoß auf ihn einen scharfen Pfeil ab. Mochte er fehlen oder nicht – der Fuchs verschwand.

Dem zweiten Bruder erging es ebenso. Als er auf einer breiten Wiese sich im Grase bequem ausstreckte und seinen Mundvorrat auspackte, kam zu ihm ebenfalls der hungernde Feuerfuchs und bat um eine Gabe; doch wie er nach ihm schoß, verschwand dieser vor seinen Augen.

Der jüngste Bruder ritt fürbaß, bis er zu einem Bache kam. Er war müde und hungrig; darum sprang er vom Rosse und ließ sich am Ufer im Grase nieder, um sich zu laben. Als er zu essen begann, erblickte er ebenfalls den Feuerfuchs; dieser kam immer näher und näher, bis er in einer kleinen Entfernung stehenblieb: „Bitte, bitte, junges Herrlein! Ich bin sehr hungrig, laß mich auch etwas verkosten!" – Der Prinz warf ihm sogleich ein Stückchen Rauchfleisch zu und sagte: „Komm her, fürchte dich nicht vor mir, Feuerfuchs! Ich sehe, daß du einen größeren Hunger hast als ich, und für heute werden wir beide genug haben." – Hernach bildete er aus seinem Speisevorrate zwei Teile: den einen für sich, den anderen für den Fuchs. Der Feuerfuchs aß sich satt und sagte dann: „Du hast mich gut gelabt, ich werde dir dankbar sein. Besteige dein Pferd, und reite mir nach. Wenn du dann tust, wie ich dir rate, so wird der Feuervogel dir gehören." Dann lief er voraus und bahnte ihm mit dem buschigen Schweife den Weg: Höhen fegte er weg, Täler füllte er

aus, und Brücken baute er über die Gewässer. Der Prinz folgte auf dem trabenden Rosse ihm nach, bis er sich plötzlich in die Nähe des Kupferschlosses versetzt sah. „Der Feuervogel befindet sich in diesem Schlosse“, sprach der Feuerfuchs, „begib dich genau um die Mittagstunde dahin, da werden die Wächter schlafen, du aber halte dich nirgends auf. In dem ersten Saale wirst du zwölf schwarze Vögel in goldenen Käfigen finden, im zweiten wirst du zwölf goldene Vögel in hölzernen Käfigen sehen, im dritten Saale wird der Feuervogel auf einer Stange sitzen. Dabei wirst du zwei Käfige sehen, einen goldenen und einen hölzernen: Du aber gib ihn nicht in den goldenen, sondern in den hölzernen hinein, sonst wird es dir gar nicht gut ergehen.“

Der Königssohn verfügte sich in das Kupferschloß und fand alles so, wie der Feuerfuchs gesagt hatte. Im dritten Saale saß der Feuervogel auf einer Stange und schien zu schlafen. Er war so schön, daß dem Prinzen das Herz vor Wonne hüpfte. Er nahm ihn und schloß ihn dann in den hölzernen Käfig; dann aber besann er sich eines andern und sprach: „Wie paßt das zusammen, ein so schöner Vogel und ein so elender Käfig? Dem Feuervogel gebührt der goldene Käfig.“ Darauf nahm er ihn aus dem hölzernen Käfig und sperrte ihn in den goldenen. Doch kaum hatte er diesen geschlossen, da erwachte der Feuervogel und ließ einen Pfiff ertönen, und sogleich erhob sich in den zwei ersten Sälen ein solches Pfeifen und Kreischen von sämtlichen Vögeln, daß die Männer auf der Torwache davon erwachten. Diese liefen gleich herbei, ergriffen den lieben Prinzen und führten ihn vor den König.

Der König war sehr erzürnt und sprach: „Wer bist du, Dieb, daß du es gewagt hast, durch so viele Wachen hindurch zu schleichen, um meinen Feuervogel zu stehlen?“

„Ich bin kein Dieb!“ antwortete der Prinz. „Doch bin ich gekommen, um den Dieb zu holen, den du beherbergst. Wir haben daheim in unserem königlichen Garten einen Apfelbaum, der goldene Äpfel trägt: Täglich blühte nur einer empor, wuchs und ward reif, doch dein Feuervogel hat stets in der Nacht uns denselben fortgetragen. Und der König, mein Vater, ist schwer krank, das Herz welkt ihm dahin, und er wird nicht eher gesunden, bis er deinen Feuervogel singen hört. Und deshalb bitte ich dich, schenke mir ihn.“ – „Du kannst ihn haben“, sagte darauf der König, „wenn du mir dafür das Goldmähnenroß zuführst.“

„Warum hast du mir nicht gehorcht und nahmst den goldenen Käfig?“ grollte der Feuerfuchs. – „Ich habe in der Tat gefehlt“, sagte der Prinz, „allein zürne schon nicht mehr des Geschehenen wegen, und sage mir, ob du von dem Goldmähnenrosse weißt?“ – „Ich weiß davon“, antwortete der Feuerfuchs, „und werde dir noch dazu verhelfen. Besteige dein Roß, und reite mir nach.“ Dann lief er wieder voraus und bahnte mit dem buschigen Schweife den Weg. Der Prinz folgte ihm im Trabe nach, bis er sich unverhofft in der Nähe des Silberschlosses sah. „In diesem Schlosse befindet sich das Goldmähnenroß", erzählte der Feuerfuchs. „Begib dich genau um die Mittagstunde da hin, wo alle Wächter schlafen, halte dich aber nirgends auf. In dem ersten Marstall wirst du zwölf Rappen mit goldenen Halftern finden, im zweiten zwölf Schimmel mit schwarzen Halftern, im dritten Marstall steht das Goldmähnenroß bei seinem Troge. Dabei wirst du auf der Wand zwei Halfter sehen, eine goldene und eine lederne, sei aber auf deiner Hut: Die goldene Halfter lasse hängen und gib ihm nur die lederne, sonst wird es dir gar nicht gut ergehen!"

Der Königssohn ging in das Schloß und fand wieder alles so, wie der Feuerfuchs gesagt hatte. In dem dritten Marstall stand das Goldmähnenroß bei einem silbernen Troge und fraß daraus lebenden Hafer. Es war so schön, daß sich der Prinz an ihm gar nicht satt sehen konnte. Dann nahm er von der Wand die lederne Halfter mit dem schwarzen Lederzaume herab und gab sie dem Goldmähnenrosse. Das Roß blieb sanft wie ein Lämmchen stehen. Doch da sah er an der Wand auch die wunderschöne Goldhalfter hängen, mit einem goldenen, reich mit Edelsteinen belegten Zaume, und er fand daran ein großes Wohlgefallen. „Wie paßt das zusammen; ein so schönes Pferd und ein so elender Zaum", dachte er bei sich; „dem Goldmähnenroß gebührt die goldene Halfter!" – Darauf nahm er ihm die Lederhalfter wieder ab und gab ihm die goldene. Aber kaum verspürte das Pferd, daß es den goldenen Zaum habe, begann es sich zu bäumen und wieherte stark; da fingen gleich auch alle anderen Pferde in den ersten zwei Marställen an zu springen und zu wiehern, die Wachposten erwachten, liefen herbei, ergriffen den Prinzen und brachten ihn vor den König.

„Wer bist du, Dieb", fuhr ihn der König an, „daß du es gewagt hast, durch so viele Wachen hindurch zu schleichen, um mir mein Goldmähnenroß zu entwenden!" – „Ich bin kein Dieb!" entgegnete der Prinz. „Ungern bin ich um dein Pferd gegangen, allein ich mußte." Und dann erzählte er, wie sich dies alles zugetragen, und wie ihm der König des Kupferschlosses den Feuervogel nicht ausliefern wolle, solange er nicht das Goldmähnenroß herbeigeholt hätte; er bat um das Pferd. – „Du kannst es haben", sagte darauf der König, „wenn du mir dafür die Prinzessin Goldlocke aus dem Goldschlosse im schwarzen Meere bringst."

Der Feuerfuchs wartete draußen im Walde auf den Prinzen, und als er sah, daß dieser ohne das Pferd zurückkehre, war er sehr über ihn erzürnt: „Habe ich dir nicht gesagt, du solltest die Goldhalfter auf der Wand lassen und die lederne nehmen? Mit dir nimmt man sich eine vergebliche Mühe; wem nicht zu raten ist, dem ist auch nicht zu helfen." – „Sei nicht böse, Feuerfuchs!" bat der Prinz. „Ich habe in der Tat gefehlt, aber nur diesmal hilf mir noch." – „Noch einmal, und zum letzten Mal will ich dir helfen", sagte der Feuerfuchs, „und wenn du mir diesmal folgest, kannst du noch gut machen, was du in deiner Unklugheit verdorben hast. Besteige dein Roß und reite mir nach." Hierauf lief er voraus und bahnte dem Prinzen den Weg, bis dieser zu dem Goldschlosse im schwarzen Meere kam. „In diesem Schlosse", sprach der Feuerfuchs, „herrscht die Meereskönigin; sie hat drei Töchter, die jüngste von ihnen ist die Prinzessin Goldlocke. Gehe hin und bitte jene, sie möge dir eine von ihren Töchtern zur Gattin geben; und wenn sie dir sagt, du könntest dir eine wählen, so nimm die, welche am einfachsten gekleidet ist."

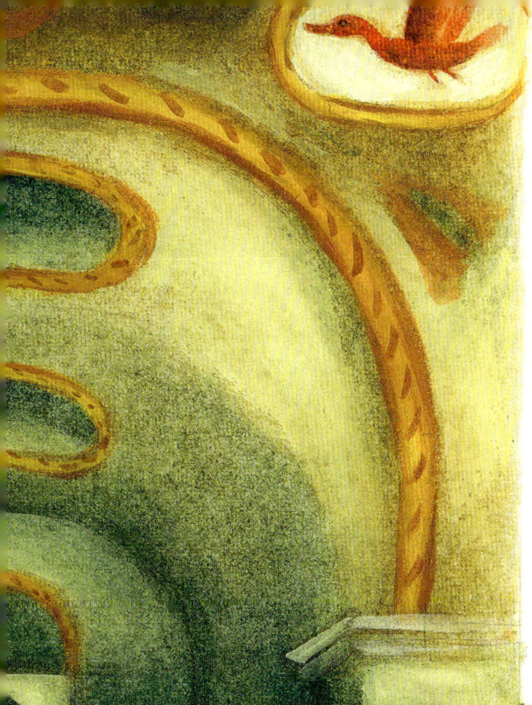

Die Meereskönigin empfing den Prinzen freundlich, und als er ihr die Ursache seines Kommens nannte, führte sie ihn in ein Gemach, wo ihre drei Töchter saßen und spannen. Eine war der anderen so ähnlich, daß niemand auf der Welt sie unterschieden hätte, und alle waren so schön, daß dem Prinzen der Atem stockte, wenn er ihnen in die Augen blickte. Jede hatte das Haupt mit einem Schleier umwunden, damit man nicht sehe, welche ein goldenes Haar

habe, und jede war auch anders gekleidet. Der Schleier und das Gewand der einen war mit Gold durchwirkt, und sie spann mit einer goldenen Spindel; die andere trug einen Schleier und ein Kleid mit Silber gestickt und hatte eine silberne Spindel in der Hand; die dritte hatte nur ein reines, weißes Tuch am Haupte und weiße Kleidung und spann mit einer gewöhnlichen Spindel. „Wähle dir, die du willst", sprach zu ihm die Königin, und der Prinz zeigte auf die weißgekleidete Jungfrau: „Diese da gib mir!" – „Hoho!" verwunderte sich die Königin. „Das ist nicht dein eigener Einfall; warte noch bis zum Morgen."

Der Prinz konnte die ganze Nacht nicht schlafen vor Sorgen, wie es ihm morgen ergehen werde, und wie das Frühlicht im Osten zu funkeln begann, ging er in den Schloßgarten hinaus. Kaum hatte er ihn betreten, da stand, ganz und gar unverhofft, vor ihm die weiße Jungfrau: „Wenn du mich heute erkennen willst, so gib acht, welche von uns von einer kleinen Fliege umschwirrt werden wird." Und wie schnell sie kam, so schnell verschwand sie. Nachmittags führte die Königin den Prinzen wieder in das Gemach, wo sich ihre Töchter befanden: „Wenn du jene, die du dir gestern erwählt, wiedererkennst, so soll sie dir gehören, wenn nicht, so verlierst du den Kopf." Die Töchter standen nebeneinander da; eine sah wie die andere aus, alle waren kostbar und schön gekleidet, und alle drei hatten goldene Haare, und diese leuchteten so sehr, daß vor deren Blitzen dem Prinzen das Sehen schier verging. Als sich nach einer Weile seine Augen gestärkt hatten, bemerkte er, daß um das eine Fräulein eine kleine Goldfliege herumschwirre: „Dieses Fräulein gehört mir", sprach er, „dieses habe ich mir erwählt." – Die Königin verwunderte sich, daß er jene erkannte, und rief: „So leicht wirst du sie doch nicht bekommen; morgen noch mußt du etwas ausführen, was ich dir auftragen werde."

In der Früh zeigte sie ihm vom Fenster aus einen großen Weiher beim Walde, gab ihm ein kleines goldenes Sieb und sprach: „Wenn du mit diesem Siebe jenen Teich bis zum Abend ausschöpfest, wird Goldlocke dein; gelingt es dir nicht, verlierst du den Kopf." Der Prinz nahm das Sieb und ging traurig zum Weiher hin. Er senkte es ins Wasser und schöpfte, doch wie er das Sieb wieder emporhob, rann alles Wasser bis auf den letzten Tropfen heraus. Da er sah, daß er auf diese Weise gar nichts erziele, setzte er sich ans Ufer, legte das Sieb neben sich und dachte auf Hilfe. Plötzlich stand ganz und gar unverhofft wieder die weiße Jungfrau an seiner Seite: „Warum bist du so traurig?" – „Wie könnte ich denn fröhlich sein", erwiderte der Prinz, „wenn ich sehe, daß ich dich nicht bekommen werde; deine Mutter hat mir eine unmögliche Sache zur Aufgabe gestellt." – „Sei ohne Sorge", sagte das Fräulein, „das alles läßt sich ausführen." Hierauf nahm sie das Sieb und warf es in die Mitte des Weihers. Da begann in dem ganzen Weiher das Wasser auf einmal zu sieden, und dichte Nebel wälzten sich aus dem

Weiher hervor und breiteten sich auf der Erde aus, daß man kaum drei Schritte vor sich sehen konnte. In diesem Augenblicke hörte der Prinz ein Getrappe, und wie er sich umsah, stand da der Feuerfuchs und hinter ihm des Prinzen Pferd. „Säume nicht“, sprach er, „setze die Jungfrau vor dich aufs Pferd, und jage von hinnen.“

Das Pferd flog wie ein Pfeil zurück auf frischgemachter Bahn, und der Feuerfuchs vernichtete sie hinter ihm wieder: Mit dem buschigen Schweife fegte er die Brücken weg, bildete Täler, baute Berge, alles wieder so, wie es ehedem war. Der Prinz war froh, daß er die Prinzessin Goldlocke gewonnen, und doch war er wieder betrübt, daß er sie dem Könige des Silberschlosses für das Goldmähnenroß geben solle. Je mehr er sich diesem Schlosse näherte, desto langsamer ritt er, desto trauriger war er. – „Nicht wahr, dir tut es leid, dein schönes, goldgelocktes Fräulein für das Goldmähnenroß hinzugeben?“ ließ sich der Feuerfuchs verlauten. „Ich habe dir schon in so manchem geholfen und will dich auch jetzt nicht im Stiche lassen.“ Da sprang er im Walde über einen entwurzelten Stamm, schlug einen Purzelbaum,

und statt des Feuerfuchses stand da eine zweite Prinzessin Goldlocke, ganz und gar jener ähnlich, die der Prinz mit sich führte. „Dein Fräulein möge hier im Walde bleiben, und du bringe mich zum Könige des Silberschlosses, daß er für mich das Goldmähnenroß dir ausliefere. Wenn du es dann holen wirst, reite mit deinem Fräulein von dannen."

Der König freute sich gar sehr über die Prinzessin Goldlocke und gab ohne Zögern dem Prinzen das Goldmähnenroß samt der goldenen Halfter zum Lohne. Dann ließ er dem schönen goldlockigen Fräulein zu Ehren ein glänzendes Fest veranstalten und lud alle Großen seines Reiches dazu ein. Nachdem sie schon genug getrunken und in bester Laune waren, fragte der König diese Herren, wie ihnen seine goldlockige Braut gefalle?" – „Sie ist schön", antwortete ein Herr, „schöner kann sie nicht mehr sein: Doch scheint es mir, als hätte sie die Augen eines Fuchses." – Kaum hatte er dieses Wort ausgesprochen, so verwandelte sich augenblicklich diese Prinzessin Goldlocke wieder in den Feuerfuchs, und mit einem Sprunge war dieser zur Tür hinaus und spurlos fort. Er eilte dem Prinzen und dem goldhaarigen Fräulein nach und vernichtete hinter ihnen die Wege, mit dem buschigen Schweife fegte er die Brücken weg, bildete Täler, baute Berge, alles wieder so, wie es ehedem war. Als er sie erreichte, waren sie schon nahe bei dem Kupferschlosse, woselbst sich der Feuervogel befand. Da äußerte der Feuerfuchs zum Prinzen: „Herrlich nimmt sich Prinzessin Goldlocke auf dem Goldmähnenrosse aus! Tut es dir, Prinz, nicht leid, das Goldmähnenroß für den Feuervogel auszutauschen?" – „Wohl tut es mir leid um das Goldmähnenroß, wenn die Prinzessin Goldlocke es entbehren soll", gab der Prinz zur Antwort, „doch nicht tut es mir um dasselbe leid, wenn ich meines Vaters gedenke, der genesen soll." – Hierauf erwiderte der Feuerfuchs: „Wo die Prinzessin Goldlocke ist und das Goldmähnenroß, dort soll auch der Feuervogel nicht fehlen. Ich habe dir schon in so manchem geholfen und will dich auch jetzt nicht im Stiche lassen." Da sprang er im Walde über einen entwurzelten Stamm, schlug einen Purzelbaum, und statt des Feuerfuchses stand da ein zweites Goldmähnenroß, ganz und gar jenem ähnlich, auf dem die Prinzessin Goldlocke saß. „Führe mich vor den König des Kupferschlosses, daß er für mich den Feuervogel dir ausliefere. Wenn du ihn dann haben wirst, reite von dannen."

Der König freute sich gar sehr über das Goldmähnenroß und gab ohne Zögern dem Prinzen den Feuervogel samt dem goldenen Käfig zum Lohne. Dann lud er viele Herren zu sich, prahlte mit seinem Goldmähnenroß und fragte sie, wie es ihnen gefalle. – „Es ist schön", antwortete ein Herr, „schöner kann es nicht mehr sein: Doch scheint es mir, als hätte es den Schweif eines Fuchses." – Kaum hatte er dieses Wort ausgesprochen, so verwandelte sich augenblicklich dieses Goldmähnenroß wieder in den Feuerfuchs, und mit einem Sprunge war dieser zum Tore hinaus und spurlos fort.

Er eilte dem Prinzen und dem goldhaarigen Fräulein nach, vernichtete hinter ihnen im Laufe die Wege und erreichte sie, als sie schon nahe bei dem Bache waren, woselbst er zum ersten Male mit dem Prinzen zusammengetroffen war. „Nun hast du bereits den Feuervogel“, sprach er, „und hast sogar mehr, als du dir gewünscht hast, darum brauchst du mich nicht länger. Reite heim in Frieden, und halte dich nirgends auf, sonst würde es dir nicht gut ergehen.“ Darauf verschwand er.

Der Prinz setzte hernach seine Reise fort, in der Hand den Feuervogel im goldenen Käfig haltend, ihm in Seite trabte das Goldmähnenroß mit der goldenen Halfter, und auf ihm saß die schöne Prinzessin Goldlocke. Als er den Kreuzweg im Walde erreichte, wo er Abschied von seinen Brüdern genommen, erinnerte er sich der Reiser, die jeder von ihnen zum Denkzeichen am Rande seiner Straße in die Erde gepflanzt hatte. Die Reiser seiner beiden Brüder waren dürr, doch aus seinem Reise war inzwischen am Wegesrande ein schöner schattiger Baum emporgewachsen. Der Prinz war darüber sehr erfreut, und weil bereits beide von dem langen Ritte ermüdet waren, wünschte er, unter diesem Baume Rast zu halten. Er sprang vom Pferde und half auch dem schönen Goldhaarfräulein aus dem Sattel des Goldmähnenrosses; alsdann band er beide Pferde zum Baume und hing den Käfig mit dem Feuervogel an einen Ast. Es währte nicht lange, so kam über beide der Schlaf, und beide ruhten sanft.

Während sie hier schlummerten, kehrten auch die Brüder, jeder von einer anderen Seite, mit leeren Händen zurück und trafen gerade auf dieser Stelle zusammen. Da nahmen sie wahr, wie ihre Reiser so dürr waren, daß aber aus dem Reise des jüngsten Bruders ein schöner, astreicher Baum geworden sei; sie sahen auch unter diesem Baume den Bruder schlafen und an seiner Seite das liebliche Goldhaarfräulein, dann das Goldmähnenroß und über ihnen den Käfig mit dem Feuervogel. Da entstanden in ihren Herzen gar böse Gedanken, und der eine sprach zum zweiten: „Unser Bruder bekommt nun vom Vater die Hälfte des Königreiches, und nach dessen Tode wird er Thronfolger sein. Es ist besser, wir schlagen ihn tot: Das goldhaarige Fräulein nimmst du, das Goldmähnenroß nehme ich, und den Feuervogel geben wir dem Vater, daß ihn dessen Gesang entzücke. Und das Königreich wollen wir uns dann teilen.“ – Gesagt, getan. Den Körper des Bruders zerhieben sie in viele Stücke, und die goldlockige Jungfrau bedrohten sie mit dem Tode, falls sie die Wahrheit verraten würde. Nachdem sie heimgekehrt waren, führten sie das Goldmähnenroß in einen marmornen Marstall, den Käfig mit dem Feuervogel stellten sie in das Ruhegemach des Königs, und dem Goldhaarfräulein wiesen sie ein Prunkzimmer an und viele Mädchen zu ihrer Bedienung. Der alte kranke König sah den Feuervogel an, und fragte seine Söhne, ob sie eine Kunde vom jüngsten Bruder hätten? – „Wir haben von ihm nichts gehört“, sprachen

die Brüder, „wahrscheinlich ist er irgendwo verschmachtet." – Der Vater blieb in seinem alten Trübsinne, der Feuervogel sang nicht, das Goldmähnenroß ließ die Mähne traurig hängen, und das goldgelockte Fräulein sprach kein Wort, kämmte nicht ihr wallendes Goldhaar und weinte ohne Unterlaß.

Während indessen der Prinz, in Stücke zerhauen, im Walde lag, kam zu ihm der Feuerfuchs, sammelte und ordnete gehörig alle Glieder, und gern hätte er den Prinzen wieder zum Leben gebracht, doch das lag nicht in seinen Kräften. Da sah er eine Krähe mit zwei jungen Raben über dem Leichnam hin und her flattern. Da verbarg er sich unter einem Gesträuche ins Gras, und als sich einer der Raben auf den Leichnam setzte, um zu fressen, sprang der Feuerfuchs hervor, faßte den Raben beim Flügel und stellte sich, als wolle er ihn zerreißen. Die alte Krähe flog angstvoll näher, setzte sich auf einen Strauch und sprach zu dem Feuerfuchse: „Kwah, kwah! Verschone mein armes Kind, es hat dir ja nichts zuleide getan; ich will dir es reichlich vergelten, wenn du einmal meiner Hilfe bedürfen solltest." – „Eben jetzt bedarf ich ihrer", erwiderte der Feuerfuchs, „wenn du mir aus dem schwarzen Meere totes und lebendiges Wasser bringst, will ich deinem jungen Raben die Freiheit geben." – Die Krähe versprach es zu bringen und flog davon.

Drei Tage und drei Nächte flog sie, und als sie zurückkehrte, brachte sie mit sich zwei wassergefüllte Fischblasen: In der einen war lebendiges, in der anderen totes Wasser. Der Feuerfuchs nahm die Fischblasen in Empfang und riß den jungen Raben entzwei; dann legte er wieder beide Teile gehörig zusammen, besprengte sie mit dem toten Wasser, und augenblicklich verwuchsen sie miteinander; hierauf besprengte er sie mit dem lebendigen Wasser, und der junge Rabe schüttelte die Flügel und flog davon.

Nun besprengte jener mit dem toten Wasser den zerstückelten Leichnam des Prinzen, und schnell ward dieser wieder ganz, ohne daß auch nur eine Narbe zu sehen war; und nachdem er ihn noch mit lebendigem Wasser angefeuchtet hatte, erwachte der Prinz wie aus einem Traume, erhob sich und sagte: „Ach, wie fest habe ich geschlafen!" – „Ja wahrhaftig, du hast fest geschlafen", gab der Feuerfuchs zur Antwort, „und ohne meine Gegenwart wärest du in aller Ewigkeit nicht erwacht! Habe ich dir nicht geraten, du sollest dich nirgends aufhalten und geraden Weges heimreiten?" – Alsdann erzählte er ihm, was geschehen sei, begleitete ihn bis an den Rand der Waldung in der Nähe des königlichen Palastes seines Vaters, gab ihm noch für sein Bedürfnis eine einfache Kleidung, nahm Abschied und verschwand.

Der Prinz ging in den Palast und ließ sich hier als Pferdewärter anstellen; niemand erkannte ihn. Da hörte er zwei Troßknaben also miteinander sprechen: „Schade um das schöne Goldmähnenroß! Es wird uns zugrunde gehen, weil es so traurig den Kopf hängen läßt und nichts fressen will." – „Gebet mir ein Stück Erbsenstroh", sagte der Prinz, „und ich will mit euch eine Wette eingehen, daß es sogleich fressen wird." – „Hoho", lachten die Burschen, „solch ein Zeug fressen nicht einmal unsere Ackerpferde." – Der Prinz ging jedoch, nahm ein Stück Erbsenstroh und gab es dem Pferde in den marmornen Trog, dann streichelte er dessen goldene Mähne und sagte: „Warum so traurig, mein Goldmähnenrößlein?"

Da erkannte das Pferd nach der Stimme seinen Herrn, machte einen Luftsprung, atmete frisch auf, wieherte heiter und erfaßte gleich das Erbsenstroh.

Schnell durchflog die Kunde davon den ganzen Palast, bis auch der kranke König erfuhr, einer seiner Dienstleute habe das Goldmähnenroß genesen gemacht. Da ließ ihn der König gleich zu sich berufen und sagte zu ihm: „Ich höre, daß du das Goldmähnenroß wiederhergestellt hast: O könntest du auch dem Feuervogel helfen, daß er singe! Er ist traurig, läßt die Flügel hängen und will nichts fressen. Stirbt er, sterbe auch ich." – „Fürchte nichts, erlauchter König", sagte der Prinz; „befiehl, daß man eine Handvoll Hintergetreide bringe, und sicher wird der Vogel fressen, wird lustig sein und gleich singen!" – „Hoho!" lachten die Diener, als sie um die Gerste gingen. „Der Mensch will den Feuervogel mit Hintergetreide füttern, das nicht einmal unsere Gänse fressen wollen!" Indessen mußten sie die Gerste dennoch bringen, und der Prinz streute sie in den Goldkäfig des Vogels, dann streichelte er dessen goldene Federn und sagte: „Weshalb so traurig, mein Feuervogel?" – Der Vogel erkannte ihn sogleich nach der Stimme, bebte zusammen, begann seine Federn zu ordnen, begann zu hüpfen und zu fressen, und sang dann so wunderschön, daß das Herz des alten kranken Königs, auf der Stelle erfrischt, genas. Und als der Feuervogel zum zweiten und zum dritten Male sang, war der König bereits so gekräftigt, daß er sich vom Bette erhob und mit großer Freude diesen unbekannten Diener umarmte.

Hierauf nahm der König das Wort: „Was beginnen wir mit der schönen goldgelockten Jungfrau, welche meine Söhne mit sich gebracht haben? Sie spricht nicht, sie kämmt nicht ihr wallendes Goldhaar, sie ißt nichts und weint ohne Unterlaß." – „Erlaube, erlauchter König!" sagte jener Diener. „Ich will ein Wort zu ihr sprechen, und sie wird vielleicht heiter werden." – Der König führte ihn sogleich zu ihr, der Prinz faßte sie bei der weißen Hand und sagte: „Warum so traurig, meine Braut?" – Augenblicklich erkannte ihn die Jungfrau, schrie vor Freude auf und umarmte ihn. Der König erstaunte darüber sehr, daß jener sie seine Braut genannt und daß die Jungfrau ihn umarmt habe, und der Prinz sprach zu ihm: „Wie, mein königlicher Vater, kennst du nicht deinen jüngsten Sohn? Nicht meine Brüder, sondern ich habe den Feuervogel, das Goldmähnenroß und dieses liebliche Goldhaarfräulein errungen." Hierauf berichtete er, wie sich alles zugetragen habe, und die Jungfrau setzte hinzu, seine Brüder hätten ihr mit dem Tode gedroht, falls sie deren Untat verraten würde. Die Brüder standen da, sahen, daß sie verraten seien, zitterten wie Espenlaub und vermochten kein Wort zu sprechen. Der König war über sie aufs äußerste erzürnt und ließ beide auf der Stelle ohne Gnade hinrichten. Hernach nahm der Prinz das Goldhaarfräulein zur Gemahlin, bekam von seinem Vater sogleich eine Hälfte des Königreiches und nach dessen Ableben auch die andere.

Der Lange, der Breite und der Scharfsichtige

nach Karel Jaromír Erben

Es war einmal ein König, und der war schon alt und hatte einen einzigen Sohn. Einst rief er diesen Sohn zu sich und sagte zu ihm: „Mein lieber Sohn! Du weißt recht wohl, daß reifes Obst abfalle, um einem anderen Platz zu machen. Auch mein Haupt beginnt zu reifen, und vielleicht bald wird die Sonne nicht mehr darauf scheinen; aber ehe du mich bestattest, möchte ich doch noch gern meine zukünftige Schwiegertochter, deine Gemahlin, sehen. Heirate, mein Sohn!"

Und der Prinz sagte: „Gern möchte ich, Vater, deinen Wunsch erfüllen, aber ich habe keine Braut, ich kenne keine."

Da griff der alte König in die Tasche, zog einen goldenen Schlüssel heraus und reichte ihn dem Sohne: „Geh auf den Turm hinauf, in das oberste Stockwerk, schaue dich dort nach allen Seiten um, und dann sage mir, welche du dir auserwählest."

Der Prinz säumte nicht und ging. Noch nie in seinem Leben war er dort oben gewesen und hatte auch niemals gehört, was sich daselbst befände.

Als er in das oberste Stockwerk gekommen war, da sah er in der Decke eine kleine eiserne Tür, einer Falltür ähnlich, und diese war versperrt; er erschloß sie mit dem goldenen Schlüssel, hob sie auf und stieg hinan. Da erblickte er oben eine große runde Halle, die Kuppel war blau wie der Himmel in heller Nacht, und silberne Sterne funkelten daran; der Fußboden war ein grüner Seidenteppich, und rings in der Mauer gab es zwölf Fenster in goldenen Rahmen, und in jedem Fenster war auf Kristallglas eine Jungfrau mit Regenbogenfarben gemalt, die Königskrone am Haupte; in jedem Fenster war eine andere und in anderem Gewande, aber eine schöner als die andere, so daß des Prinzen Augen schier geblendet waren. Und als er so voll Verwunderung die Jungfrauen betrachtete, unschlüssig, welche er wählen solle, da begannen sie sich zu bewegen, als wären sie lebendig, sahen sich nach ihm um, lächelten ihn an und schienen beinahe gar sprechen zu wollen.

Da bemerkte der Königssohn, daß eines der zwölf Fenster mit einem weißen Vorhange verdeckt sei, und er schob den Vorhang zur Seite, um zu sehen, was sich darunter befände. Und es befand sich dort eine Jungfrau im weißen Gewande, mit einem silbernen Gürtel geschmückt, eine Perlenkrone am Haupte; sie war die schönste von allen, aber traurig und blaß, als wäre sie dem Grabe entstiegen. Der Königssohn stand lange und wie in Verzauberung vor dem Bilde; und während er es betrachtete, da ward ihm ums Herz so recht wehe, und er sagte: „Diese da will ich haben und keine andere!“ Und kaum hatte er dieses Wort ausgesprochen, da neigte die Jungfrau das Haupt, errötete wie eine Rose, und im nämlichen Augenblicke waren die anderen Bildnisse verschwunden.

Nachdem er dann wieder hinabgestiegen war und dem Vater berichtet hatte, was er gesehen und welche Braut er sich auserlesen, da nahm der alte König eine düstere Miene an, ward tiefsinnig und sprach: „Du hast übel gehandelt, mein Sohn, daß du enthülltest, was verdeckt war; du hast durch jene Worte einer großen Gefahr dich preisgegeben. Jene Jungfrau ist in der Macht eines bösen Schwarzkünstlers, ist im eisernen Schlosse gefangen; mancher hat es schon versucht, sie zu befreien, aber noch keiner ist zurückgekehrt. Aber das Geschehene kann nicht mehr geändert werden; ein gegebenes Wort ist Gesetz. Gehe, versuche dein Glück, und kehre mir gesund heim!“

Der Königssohn nahm Abschied von seinem Vater, bestieg ein Pferd und ritt um seine Braut. Und da mußte er durch einen großen Wald reiten, und durch diesen Wald ritt er fort, bis er endlich ganz den Weg verlor. Und als er nun im Gebüsche, zwischen Felsen und Sümpfen mit seinem Rosse herumirrte, nicht wissend, wo aus und ein, da hörte er jemanden hinter sich rufen: „Hei, wartet doch!“ Der Königssohn sah sich um und erblickte einen langen Menschen, der ihm nacheilte. „Wartet doch und nehmt mich mit, und wenn Ihr mich bei Euch dienen lasset, werdet Ihr es sicher nicht bereuen.“

„Wer bist du denn?“ sagte der Prinz. „Und was kannst du machen?“

„Ich heiße der Lange und kann mich strecken. Seht Ihr dort auf der hohen Tanne das Vogelnest? Ich nehme Euch das Nest herunter, ohne hinaufzuklettern.“

Und der Lange begann sich zu strekken, bis er so hoch war wie die Tanne; dann langte er nach dem Neste, und kleiner und kleiner werdend, reichte er es dem Prinzen.

„Dein Stückchen hast du gut ausgeführt; aber was nützen mir Vogelnester, wenn du mich nicht aus dem Walde leiten kannst!“

„Hm, das ist ein leichtes Ding!“ sagte der Lange und begann sich von neuem zu strecken, bis er dreimal so hoch war wie die höchste Kiefer in diesem Walde; dann blickte er nach allen Seiten hinaus und sprach: „Diese Richtung ist die kürzeste, um aus dem Walde zu gelangen.“ Hierauf schrumpfte er wieder ein, nahm das Pferd beim Zaume und schritt voraus, und ehe sich der Prinz versah, war der Wald hinter ihnen. Vor ihnen lag eine weite, breite Ebene, und hinter dieser Ebene standen hohe graue Felsen, gleich Mauern einer großen Stadt, und waldbewachsene Anhöhen.

„Dort, Herr, geht mein Kamerad!“ sagte der Lange und wies seitwärts nach der Ebene. „Diesen solltet Ihr auch in Euren Dienst nehmen, wahrlich, er würde Euch Ersprießliches leisten.“

„Rufe ihn herbei, daß ich sehe, was für ein Mensch dies sei.“

„Herr, es ist ein bißchen weit“, meinte der Lange, „er dürfte mich kaum hören, und lange möchte es dauern, ehe er käme, weil er gar viel zu tragen hat. Lieber will ich ihn selber holen.“ Da streckte sich der Lange wieder so hoch aus, daß sein Haupt beinahe die Wolken berührte, machte zwei, drei Schritte, faßte den Kameraden bei den Schultern und stellte ihn vor den Prinzen hin. Ein recht untersetzter Bursche war's, hatte einen Wanst gleich einem viereimrigen Fäßchen.

„Wer bist denn du?“ fragte der Prinz. „Und was kannst du machen?“

„Ich, Herr, heiße der Breite und kann mich breit machen."

„So zeige mir es."

„Herr, macht Euch hurtig auf die Beine – eilet hurtig in den Wald zurück!" rief der Breite und begann sich aufzublähen.

Der Prinz begriff nicht, warum er fliehen solle; als er jedoch sah, daß der Lange flugs dem Walde zueile, trieb er sein Roß an und galoppierte ihm nach. Und er hatte auch schon die höchste Zeit zum Davonreiten, sonst hätte ihn samt dem Rosse der Breite erdrückt, als sein Unterleib nach allen Seiten wuchs – es schien, als wäre ein Berg umgestürzt. Dann hörte der Breite auf, sich aufzublähen, holte tief Atem, daß sich die Wälder beugten, und ward wieder wie ehedem.

„Du hast mich schön schwitzen gemacht!" sagte der Königssohn zu ihm. „Aber einen solchen Burschen finde ich nicht jeden Tag; komm mit mir."

Und so zogen sie hernach weiter. Als sie schon nahe bei jenen Felsen waren, da begegneten sie einem, der die Augen mit einem Tuche verbunden hatte.

„Herr, das ist unser dritter Kamerad", äußerte der Lange, „auch diesen solltet Ihr in Euren Dienst nehmen; wahrlich, er würde nicht umsonst essen."

„Wer bist du?" fragte ihn der Prinz. „Und warum hast du die Augen verbunden, du siehst ja nicht den Weg?"

„Hoi, Herr, im Gegenteil; eben weil ich zu gut sehe, muß ich mir die Augen verbinden, ich sehe mit verbundenen Augen ebensoviel wie Ihr mit unverbundenen; wenn ich die Binde wegnehme, dann sehe ich alles durch und durch; und wenn ich etwas scharf anblicke, fängt es gleich Feuer, und was nicht brennen kann, das zerspringt in viele Stücke. Deswegen heiße ich der Scharfsichtige." Alsdann wandte er sich zu dem gegenüberstehenden Felsen, legte die Binde ab und heftete an das Gestein seine glühenden Augen; und der Felsen begann zu bersten, die Stücke flogen nach allen Seiten, und nach einem kleinen Weilchen blieb von ihm nichts mehr übrig als ein Sandhaufen. Und in dem Sande funkelte etwas wie Feuer. Der Scharfsichtige ging hin und brachte es dem Prinzen. Es war gediegenes Gold.

„Hoho, du bist ein Bursche, nicht mit Geld zu bezahlen!" sagte der Königssohn. „Ein Tor, wer deine Dienste nicht benützen wollte. Aber wenn du ein so vortreffliches Gesicht hast, schaue doch und sage mir, wie weit ich noch in den eisernen Palast habe und was dort jetzt vor sich gehe?"

„Würdet Ihr, Herr, allein fahren", antwortete der Scharfsichtige, „dann kämet Ihr vielleicht nicht einmal nach Jahresfrist dahin; aber mit uns gelanget Ihr noch heute hin – eben rüstet man uns dort die Abendmahlzeit zu."

„Und was macht meine Braut daselbst?"

„Hinter starken Eisenstangen
Hoch am Turme, moosbehangen
Hält der Zaub'rer sie gefangen."

Und der Königssohn sagte: „Wer ein braver Mann ist, der helfe mir, sie zu befreien!"

Und alle versprachen, ihm helfen zu wollen. Und so führten sie ihn in die grauen Felsen mitten durch die Bresche, welche der Scharfsichtige mittelst seiner Augen bewerkstelligt hatte, über diese Felsen, über hohe Berge und durch tiefe Wälder stets weiter und weiter; und wo sich irgendein Hindernis im Wege befand, das schafften die drei Gesellen sogleich beiseite. Und als sich die Sonne zum Untergange neigte, da begannen sich die Berghöhen zu senken, die Wälder wurden lichter, und die Felsstücke bargen sich im Heidekraute; und als die Sonnenkugel schon am äußersten Himmelsrande stand, da erblickte der Königssohn den eisernen Palast; und als die Sonnenkugel zu sinken begann, da ritt er über die eiserne Zugbrücke ins Tor ein; und als die Sonnenkugel verschwunden war, da zog sich die eiserne Zugbrücke selbst in die Höhe, die Torflügel fielen zu, und der Prinz und seine Begleiter waren in dem eisernen Palaste gefangen.

Nachdem sie sich in dem Burghofe umgesehen hatten, stellte der Prinz sein Pferd in den Marstall – alles war hier bereits vorbereitet –, dann gingen sie in den Palast. Im Burghofe, im Marstall, in der Schloßvorhalle und auch in den Gemächern sahen sie beim Zwielicht eine Menge reichgekleideter Leute, Herren und Diener, aber kein einziger von ihnen rührte sich – alle waren versteinert. Sie durchschritten mehrere Gemächer und kamen in den Speisesaal. Dieser war hell erleuchtet, in der Mitte stand ein Tisch, darauf eine Menge guter Speisen und Getränke und vier Gedecke. Sie warteten und dachten, daß jemand kommen werde, als aber nach langem Harren niemand erschien, setzten sie sich hin und aßen und tranken nach Herzenslust.

Als sie sich gesättigt hatten, sahen sie sich nach einem Ruhelager um. Da flog plötzlich die Tür auf, und in das Gemach trat der Schwarzkünstler, ein gebückter Greis im langen, schwarzen Gewande, mit kahlem Haupte, grauem, bis an die Knie reichendem Barte; statt des Leibgurtes hatte er drei eiserne Reifen. Er führte an der Hand eine schöne, wunderschöne Jungfrau in weißer Kleidung. Sie trug um den Leib einen silbernen Gürtel und hatte eine Perlenkrone am Haupte, aber sie war blaß und traurig, als wäre sie dem Grabe entstiegen. Der Prinz erkannte sie sogleich, sprang auf und ging ihr entgegen; doch ehe er noch ein Wort sprechen konnte, redete ihn der Schwarzkünstler an: „Ich weiß, warum du gekommen bist, du willst diese Königin von dannen führen. Wohlan, es sei, nimm sie hin, wenn es dir gelingt, sie drei Nächte lang zu bewachen, ohne daß sie dir abhanden komme. Kommt sie dir abhanden, dann versteinerst du samt deinen Dienern gleich allen, die früher als du gekommen waren.“ Hierauf zeigte er der Königin einen Sessel, auf daß sie Platz nehme, und ging fort.

Der Prinz konnte von der Jungfrau die Augen nicht abwenden, so schön war sie! Und er redete sie an, fragte sie nach Mannigfaltigem aus; aber sie gab keine Antwort, lächelte nicht und blickte niemanden an, so daß es schien, als wäre sie von Marmor. Und er setzte sich an ihre

Seite und beschloß, die ganze Nacht zu wachen, daß sie ihm ja nicht abhanden komme; und größerer Sicherheit halber dehnte sich der Lange wie ein Riemen aus und wand sich durch das ganze Gemach längs aller Wände hin; der Breite ließ sich in der Tür nieder, blähte sich auf und verstopfte sie derart, daß nicht einmal ein Mäuschen durchgeschlüpft wäre, und der Scharfsichtige stellte sich zu einem Pfeiler in der Mitte der Halle hin, um Wache zu halten. Allein nach einem Weilchen begannen alle zu nicken, schlummerten ein und schliefen fest die ganze Nacht.

Als es in der Frühe zu dämmern begann, erwachte zuerst der Prinz, aber ihm ward, als möchte ihm jemand ein Messer ins Herz stoßen – die Königin war fort! Da weckte er sogleich seine Diener auf und fragte, was zu tun sei.

„Habet nur keine Sorge, Herr", sagte der Scharfsichtige und schaute scharf zum Fenster hinaus, „ich sehe sie schon! Hundert Meilen von hier ist ein Wald, inmitten des Waldes eine alte Eiche und auf dem Wipfel dieser Eiche eine Eichel – und diese Eichel ist sie. Der Lange soll mich auf seine Schultern nehmen und hintragen." Und der Lange lud ihn sogleich auf seine Schulter, dehnte sich in die Höhe und ging, mit jeglichem Schritte zehn Meilen zurücklegend, während der Scharfsichtige den Weg wies.

Und es schwand nicht einmal so viel Zeit hin, als man braucht, um einen Rundlauf um eine Schaluppe zu bewerkstelligen, und schon waren sie wieder zurückgekehrt, und der Lange reichte dem Königssohne die Eichel: „Herr, laß sie zur Erde fallen!" Der Königssohn ließ die Eichel fallen, und im nämlichen Augenblicke stand die schöne Jungfrau an seiner Seite.

Und als sich die Sonne auf dem Gebirgsgrat zu zeigen begann, da flog geräuschvoll die Tür auf, der Schwarzkünstler trat in das Gemach und lächelte hämisch; als er aber die junge Königin erblickte, da ward er mürrisch, brummte etwas in den Bart, und siehe da – einer von den eisernen Reifen sprang zerbrechend ab. Er aber nahm die Jungfrau bei der Hand und führte sie von hinnen. Den ganzen Tag über hatte der Königssohn nichts zu tun, ging nur im Palaste und in dessen Umgebung umher und sah sich alles Wunderbare da an.

Überall schien alles Leben wie ausgestorben. In einem Gemache sah er einen Prinzen, der mit beiden Händen eine Axt hielt, als wollte er jemanden mitten entzweihacken, allein, mitten im Schlage ward er zu Stein. In einem anderen Gemache befand sich ein versteinerter Ritter, der angstvoll vor jemandem zu fliehen schien und, an der Schwelle stolpernd, ausglitt, doch mitten im Falle ward er zu Stein. Beim Kamine saß ein Bedienter, hielt in der einen Hand ein Bratenstück zum Nachtmahl, und mit der anderen führte er einen Bissen zum Munde, doch als er es schon ganz nahe bei den Lippen hatte, da wurde auch er zu Stein. Und noch viele andere Versteinerte sah hier der Prinz, jeglichen ganz in der Stellung, in der sich dieser befand, als der Schwarzkünstler rief: „Werdet zu Stein!" Und auch viele schöne Pferde sah er hier versteinert, und im Palaste und in der Umgebung des Palastes war alles öde und tot: Bäume gab es wohl da, aber sie trugen keine Blätter; Wiesen gab es wohl da, aber sie hatten kein Gras; einen Fluß gab es wohl da, aber seine Wellen flossen nicht; nirgends ein singendes Vöglein, nirgends ein liebliches Blümlein, im Wasser kein weißschimmerndes Fischlein!

Früh, zu Mittag, abends fand der Prinz mit seinen Begleitern im Palaste eine gute und reichliche Tafel vor: Die Speisen trugen sich von selbst auf, der Wein goß sich von selbst ein. Und als die Nachtmahlzeit zu Ende war, da ging abermals die Tür auf, und der Schwarzkünstler führte die junge Königin herein, auf daß der Prinz sie bewache. Doch obzwar alle den Entschluß gefaßt hatten, sich aus Leibeskräften gegen den Schlummer zu wehren: Es fruchtete nichts, sie schliefen abermals ein. Und als beim Morgenzwielicht der Prinz erwachte und sah, daß die Königin verschwunden sei, da sprang er auf und faßte den Scharfsichtigen an der Schulter: „Hei, steh auf, du Scharfsichtiger! Weißt du, wo die Königin ist?"

Dieser rieb sich die Augen, schaute um sich und sprach: „Schon sehe ich sie! Zweihundert Meilen von hier ist ein Berg, in diesem Berge ein Felsen, in diesem Felsen ein Edelstein, und dieser Edelstein ist sie. Wenn mich der Lange dahin trägt, dann bekommen wir sie."

Der Lange lud ihn sogleich auf die Schultern, streckte sich hoch aus und ging – wieviele Schritte, sovielmal zwanzig Meilen. Hierauf heftete der Scharfsichtige seine Glutblicke auf den Berg, und der Berg fiel auseinander, und der Felsen darin zersprang in tausend Stücke, und dazwischen funkelte der Edelstein. Den nahmen sie und brachten ihn dem Prinzen; und wie dieser ihn zu Boden fallen ließ, stand die Königin wieder da. Und als hernach der Schwarzkünstler kam und sie erblickte, da funkelten seine Augen vor Grimm – ein Geklirr, und wieder flog einer der eisernen Reifen zerbrechend von ihm ab. Er brummte dann unmutig und führte die Königin aus dem Gemache.

Diesen Tag ging alles wieder so zu wie gestern. Nach dem Nachtessen führte der Schwarzkünstler abermals die Königin herbei, blickte dem Königssohne scharf ins Gesicht und warf hämisch hin: „Wir wollen noch sehen, ob du Sieger bleibst oder ich!“, und damit ging er fort.

Und alle gaben sich heute noch größere Mühe, um sich des Schlafes zu erwehren, sie wollten sich nicht einmal niedersetzen, sie wollten die Nacht mit Auf- und Niederschreiten zubringen, aber alles war umsonst, der böse Zauber hing ihnen schon an: Einer nach dem anderen schlief im Gehen ein, und die Königin verschwand ihnen wieder.

Am Morgen erwachte der Prinz abermals zuerst, und als er die Königin vermißte, da weckte er den Scharfsichtigen: „Hei, stehe auf, Scharfsichtiger! Schau nach, wo sich die Königin befinde!“

Der Scharfsichtige sah lange hinaus: „Hoh, Herr!“ sprach er dann. „Sie ist weit! Sehr weit! Dreihundert Meilen von hier ist das schwarze Meer, und inmitten dieses Meeres liegt am Grunde eine Muschel, und in dieser Muschel befindet sich ein goldener Ring – und dieser Ring ist sie. Habet aber keine Sorge, wir bekommen sie doch! Allein heute muß der Lange auch den Breiten mitnehmen, wir werden ihn brauchen!“ Der Lange nahm auf eine Schulter den Scharfsichtigen, auf die andere den Breiten, streckte sich hoch aus und ging – mit jeglichem Schritte legte er dreißig Meilen zurück. Und als sie das schwarze Meer erreichten, da zeigte ihm der Scharfsichtige, wohin er nach der Muschel ins Wasser greifen solle. Der Lange streckte die Hand aus, so viel er nur konnte, aber an den Grund konnte er doch nicht langen.

„Wartet, Kameraden! Habet nur ein kleines Weilchen Geduld, ich werde Euch helfen“, sprach der Breite und blähte sich aus Leibeskräften auf; dann legte er sich an den Strand und begann zu trinken. Nach einem kleinen Weilchen fiel das Wasser so, daß der Lange ganz leicht den Grund erreichte und die Muschel aus dem Meere herausholte. Und er nahm den Ring heraus, lud seine Kameraden auf die Schultern und eilte zurück. Allein am Wege fiel es ihm ein wenig schwer, den Breiten zu tragen, weil dieser das halbe Meer in sich hatte; deshalb schüttelte er ihn in einem breiten Tale von der Schulter zu Boden; das gab einen Kracher, wie wenn ein Blasebalg von der Turmzinne herabfällt, und augenblicklich befand sich das ganze Tal unter Wasser, ward ein großer See, der

Breite selbst arbeitete sich nur mit Mühe heraus.

Mittlerweile war es im Palaste dem Prinzen schon sehr schwer ums Herz; die Sonnenröte begann sich auf den Berggipfeln zu zeigen, und die Diener kehrten noch immer nicht zurück; und je flammender die Strahlen emporstiegen, desto größer ward seine Angst; ein Todesschweiß trat an seiner Stirn hervor! Bald zeigte sich die Sonne im Osten wie ein dünner, glühender Reifen – und da öffnete sich unter einem starken Schlage die Tür, und an der Schwelle stand der Schwarzkünstler und sah sich im Gemache um, und als er die Königin nicht erblickte, da lachte er tückisch und trat ein. Aber in diesem Augenblicke zersprang hell klirrend das Fensterglas in Stücke, und der Goldring fiel zu Boden, und sogleich stand die Königin wieder da.

Der Scharfsichtige hatte nämlich gesehen, was im Palaste vor sich gehe und in welcher Gefahr sich sein Herr befinde, und sagte es dem Langen; der Lange tat einen Schritt und warf den Ring durchs Fenster in das Gemach. Der Schwarzkünstler brüllte vor Grimm, daß der Palast erzitterte, und siehe, der dritte eiserne Reifen sprang unter Geklirr zerbrechend von ihm ab, aus dem Schwarzkünstler ward ein Rabe, und dieser flog durch das zerschlagene Fenster hinaus.

Und da begann sogleich die schöne Jungfrau zu sprechen und dankte dem Königssohne für die Erlösung und war rot wie eine Rose. Und im Palaste und seiner Umgebung ward alles plötzlich lebendig: Jener, der in der Vorhalle die Axt zum Schlage ausgestreckt hielt, ließ sie durch die Luft sausen und steckte sie dann in die Scheide; jener, der an der Schwelle gestrauchelt war, fiel vollends zu Boden, stand jedoch gleich wieder auf und faßte sich bei der Nase, prüfend, ob diese noch ganz sei; jener, der beim Kamine saß, steckte den Bratenbissen in den Mund und aß weiter; und so machte jeglicher fertig, was er begonnen und wo er aufgehört. In den Marställen stampften und wieherten fröhlich die Pferde. Die Bäume rings um den Palast nahmen die Farbe Immergrüns an, die Wiesen waren voll von buntfarbigen Blümlein, hoch in der Luft trillerte die Lerche, und in dem schnellwogenden Strome schossen Heere kleiner Fische hin und her! Überall Leben, überall Frohsinn!

Inzwischen hatten sich viele Herren in dem Gemache versammelt, wo sich der Prinz befand, und alle dankten ihm für ihre Erlösung. Er aber sagte: „Mir habt ihr nicht zu danken; ohne die Hilfe meiner treuen Diener, des Langen, des Breiten und des Scharfsichtigen, wäre ich dasselbe, was ihr gewesen.“ Und gleich darauf trat er die Reise in die Heimat zu seinem Vater, dem alten Könige an, mit seiner Braut und mit seinen Dienern, dem Langen und Scharfsichtigen, alle jene Herren begleiteten ihn. Am Wege begegneten sie dem Breiten und nahmen ihn gleichfalls mit sich.

Der alte König weinte vor Freude, daß seinem Sohne alles so glücklich gelungen war; er hatte nicht mehr auf seine Rückkehr gehofft. Bald darauf ward eine festliche Hochzeit gefeiert, sie dauerte drei Wochen, alle Herren, die der Prinz erlöst hatte, waren geladen. Als die Hochzeitsfeier zu Ende war, meldeten der Lange, der Breite und der Scharfsichtige dem jungen Könige, daß sie wieder in die weite Welt hinaus reisen wollen, um Dienste zu suchen. Der junge König redete ihnen zu, sie mögen nur bei ihm bleiben: „Alles, was ihr zeitlebens bedürfet, will ich euch geben, und arbeiten müsset ihr nicht!" Allein ihnen behagte ein derartiges Faulenzerleben nicht, sie nahmen ihre Entlassung und gingen fort, und bis zu dieser Stunde treiben sie sich irgendwo in der Welt herum.

Die Prinzessin mit dem Goldstern auf der Stirn

nach Božena Němcová

Es war einst ein König und eine Königin, und diese Königin hatte auf der Stirn einen goldenen Stern. Die Ehegatten hatten einander sehr gern, doch leider, ihre Glückseligkeit dauerte nicht lange. Nicht möglich ist es, das Leid des Königs zu schildern oder zu beschreiben, das kann nur einer, der, was er geliebt, verloren.

Lange wollte der König gar nicht das Kind anschauen, welches die Ursache vom Tode der Mutter gewesen, endlich aber siegte die Vaterliebe. Ei, das Kind war so wunderhübsch, ein lebendiges Abbild der schönen Mutter, und weil das Mägdlein so ungewöhnlich anmutig war, erhielt es den Namen Lada.

Mehrere Jahre waren seit dem Tode der Königin verflossen, als die Hofleute dem Könige zuredeten, er möge sich verehelichen, weil er dadurch ruhiger und heiterer würde. Der König antwortete ihnen also: „Als die Königin am Sterbelager von mir Abschied nahm, bat sie mich, daß ich, falls ich heiraten müßte, mir keine andere nähme als eine, die ihr vollständig ähnlich wäre. Ich habe ihr einen Eid darauf geleistet und die Götter zu Zeugen genommen, also werde ich mir eine Frau suchen, die jener in allem ähnlich ist, und wenn ich keine solche finde, bleibe ich lieber unvermählt." Die Hofleute gaben dem Könige recht, und sogleich ward beschlossen, wann sich der König auf die Reise begeben werde.

Die Lada, diese blühende Knospe, übergab der König sorgsamen Wärterinnen, sein Land einem treuergebenen Statthalter, und selbst begab er sich mit einem zahlreichen Gefolge auf die Reise durch die Welt, um eine Braut zu suchen. Er durchzog Fürstentümer und Königreiche, durchreiste die halbe Welt, sah Jungfrauen, engelsschön von Antlitz, aber keine einzige hatte auf der Stirn einen goldenen Stern, keine war seiner verstorbenen Gemahlin ähnlich. Traurig kehrte er heim. Da lief ihm Lada entgegen und hieß ihn freundlichst willkommen von der langen Reise. Der König erbebte beim Anblicke der aufgeblühten Jungfrau. Das war sie, das war das Weib, welches er über alles geliebt hatte; ihre Augen, Haare, ihren Wuchs, diesen golden leuchtenden Stern auf der Stirn, alles das besaß Lada, ihre Tochter. „Wehe, wehe!" dachte der König. In dem Augenblicke, wo er das Abbild seiner Gattin erblickte, wurden in ihm alle Erinnerungen an die entschwundene Glückseligkeit wach, daß er fast zu Verzweiflung gebracht war.

Endlich beschloß er in seiner aufgeregten Sinnlichkeit, sich die Lada zur

Gattin nehmen zu wollen. Er begab sich also zu der Tochter und offenbarte ihr den Wunsch ihrer seligen Mutter. Lada schauderte über diesem Antrage, tat aber, als hielte sie des Vaters Worte für einen bloßen Scherz und sagte nach kurzem Nachdenken: „Ja, ich will dich heiraten, lieber Vater, wenn du mir ein Kleid kaufst, das aus den Flügeln des Goldhähnchens genäht ist."

„Ich kaufe dir, meine Seele, alles, was du verlangen wirst, erfülle nur meine Bitte", antwortete der König und ließ augenblicklich öffentlich ausrufen, wer ihm ein solches Kleid brächte, würde dafür viel Geld erhalten. Was würden die Leute für Geld nicht ausführen? In einigen Tagen befand sich das Kleid im Palaste, und der König trug es zu seiner Tochter. Und diese wußte nicht, was sie ersinnen solle, um die Zeitfrist zu verlängern und den Vater dadurch vielleicht auf andere Gedanken zu bringen. Sie wünschte nun wieder ein Kleid von der Sonnenfarbe. Und wieder ließ der König dies öffentlich ausrufen und erhielt richtig ein Kleid von der Sonnenfarbe. Als er es der Lada brachte, sagte sie: „Kaufe mir, Vater, noch ein Kleid von der Himmelsfarbe, daß sich darauf selbst die Sterne befänden; dann will ich dich in Wahrheit heiraten."

Was hätte nicht der König für sie hingegeben! Boten flogen nach allen Richtungen, und die Schneider strengten ihre Schädel an, um ein Kleid von der Himmelsfarbe samt den Sternen zustande zu bringen. Aber was würde der menschliche Verstand nicht ersinnen, wo es sich um so viel Geld handelt? Selbst ein solches Kleid ward fertiggemacht, nur daß daran statt der Sterne große Diamanten waren. Da war also schon keine Hilfe mehr, und Lada mußte dem Vater ihr Wort geben; aber sie grämte sich darob und weinte. In derselben Nacht träumte ihr, daß vor ihr eine schöne Frau mit einem Goldstern auf der Stirn stehe, und diese lege auf ihr Bett einen weißen Schleier, zart wie ein Lüftchen, und spreche: „Lada, ich bin deine Mutter, weiß, was hier vor sich geht, daß dich der eigene Vater zur Gattin haben will. Aber dies darf nicht geschehen, ich komme dir zu Hilfe. Laß dir morgen ein armseliges Gewand anfertigen, wirf diesen aus dem Nebel gewobenen Schleier über den Kopf und siehe: Solange du ihn an dir hast, sieht dich niemand. Um den Vater habe keine Sorge, ich will ihm im Traume erscheinen und ihm ins Gemüt reden." Nach diesen Worten empfand Lada auf der Wange ein leises Atemwehn, und die Mutter verschwand. Früh trug sie der Kammerfrau auf, sie solle ihr ein Pelzlein aus Mäuschenfellen anfertigen lassen, das vom Kopfe bis zur Zehe reichen würde. Die Kammerfrau glaubte, daß es sich um eine Kurzweil handle, weshalb sie niemandem davon sagte, selbst das Pelzchen bestellte, und als es fertig war, der Prinzessin überbrachte. Am dritten Tage sollte die Hochzeit sein, im Palaste gab es einen gehörigen Rummel und Tummel, und der König war voll Glückseligkeit. Nur die Prinzessin dachte nicht an eine Vermählung. Als sie das Pelzchen erhielt,

zog sie es an, band die drei Kleider in ein Bündel, nahm das Kopftuch und den Schleier, und also verkleidet sagte sie Lebewohl dem väterlichen Palaste und wanderte unter Tränen in die weite Welt hinaus. Lange schritt sie dahin, ohne zu wissen, wohin sie sich wenden solle. Da kam sie zu einer Stadt, die überaus schön war. Gleich am Anfange stand auf einer Anhöhe das königliche Schloß; Lada beschloß hineinzugehen und um eine Dienststelle zu bitten. Aber das Bündel mit den Kleidern wollte sie nicht mitnehmen. Eine kleine Wegstrecke vom Schlosse befand sich ein Hain und bei dem Haine ein Brünnlein; den Stein bei diesem Brünnlein hob Lada empor, und unter diesen Stein legte sie das Bündel und dazu den Schleier. Ein Fischlein lugte aus dem Brünnlein heraus und sah zu.

„Verrat es niemandem, Fischlein, und halte gut Wache dabei!“ So bat Lada das Fischlein und begab sich in den Palast.

Am Wege bestreute sie sich das Antlitz ein wenig mit Asche, legte die Stirn in Falten und zog das Kopftuch tiefer herab; denken wir uns dazu noch das Mäusefellpelzchen, worein sie fast ganz eingewickelt war, wer wollte da noch eine Schönheit suchen? Die Dienerschaft im Palaste brach in ein lautes Gelächter aus, als sie eine so garstige Dienstmagd erblickte, und hieß sie von dannen gehen, aber sie bat so inständig, man möge sie als Küchenmädchen aufnehmen, daß der Koch Mitleid mit ihr fühlte und sie in die Küche aufnahm, wobei er ihr streng gebot, der Herrschaft nicht unter die Augen zu treten, weil ihn sonst eine Strafe träfe. Lada war erfreut, daß sie einen Dienst erhalten, wo sie vor aller Verfolgung sicher, von niemandem beachtet werden würde. Und sie urteilte recht; den ganzen Tag würdigte niemand sie eines Blickes, nur der Herr Koch zankte sie einige Mal aus, und die Bedienten hießen sie „Mäusepelzchen", was sie aber gutmütig ertrug.

Das Land, wo sich dieses zutrug, gehörte einem Könige, der einen einzigen Sohn hatte namens Hostivít, einen edlen Jüngling. Alle Untertanen freuten sich bereits auf die Zeit, wo der Prinz Herrscher sein werde, weil sie da prächtige Tage hätten. Der König war schon alt und würde es gern gesehen haben, wenn sich Hostivít irgendeine Prinzessin ausgesucht hätte, doch dieser hatte bisher keine Lust dazu. Das Lob des Prinzen vernahm häufig auch das Küchenmädchen aus dem Munde der Dienerschaft und hätte sehr gern diesen gefeierten Herrn kennengelernt. Einst bot sich ihr Gelegenheit dazu. Als sie in der Küche allein war, ging der Prinz eben vorüber. Da lief sie schnell hinaus und schaute ihm nach; ob er ihr gefiel, wollen wir später sehen.

Es war des Königs Namenstag, und durch drei Tage wurden prunkvolle Feste gefeiert, zu denen Gäste aus weiter Ferne angefahren kamen. Lada sann den ganzen Tag über etwas nach, und kaum war es Abend, bat sie den Koch, er möge ihr erlauben, sich aus irgendeinem Winkel diese Gäste, die sie zeitlebens noch nicht gesehen, anzuschauen.

Der Koch wollte nicht, wollte lange nicht das zugeben, dann brummte er etwas von Neugierde und ließ das Küchenmädchen gehen, um die Herrlichkeiten anzuschauen. Lada ging geraden Weges zu dem Brünnlein, hob den Stein auf und nahm aus dem Ränzchen die Kleider, die aus den Flügeln des Goldhähnchens genäht waren. Sodann legte sie das Kopftuch ab, entledigte sich des Mäusefellpelzchens, wusch das Antlitz, ordnete die Haare und zog das rauschende Gewand an. Es war ihr aber nicht um den Anblick der Herrschaften zu tun, sie wollte nur einmal mit dem schönen Prinzen tanzen und ein Wörtchen mit ihm reden. Nachdem sie angekleidet war, warf sie den Schleier über die Augen und eilte in den Palast. In den Tanzsaal eintretend, stellte sie sich dahin, wo die meisten Gäste standen und entfernte den Schleier von der Stirn. Jedermann wandte sich sogleich gegen sie, aber niemand wußte, wer sie sei und woher sie komme. Doch der allererste war Hostivít bei ihr, der früher von Fräulein zu Fräulein flatterte wie ein gaukelnder Schmetterling. Kaum jedoch hatte er in das liebliche Antlitz der Fremden geblickt, fühlte er schon, mit seiner Freiheit sei es für die Ewigkeit aus.

„Wer seid Ihr, holde Jungfrau, daß mir weder Euer Antlitz noch Euer Name bekannt ist?" fragte Hostivít die Lada.

„Das Vertrauen auf Eure Gastfreundschaft hat mich hierher geführt, daß ich mich ein wenig unterhalte. Wenn Ihr mich gerne sehet, dann wollet nicht wissen, wer ich bin", antwortete Lada und blickte auf Hostivít so flehenden Auges, daß dieser nicht mehr das Herz hatte, weiter zu fragen.

Die Musik begann zu spielen, jeder ging um seine Dame, und auch der Prinz stellte sich in die Reihe mit seiner Tänzerin, die nicht ihresgleichen hatte. Wie schnell entschwanden ihm die Stunden! Es begann zu tagen, die Prinzessin dankte ihrem Gastfreunde und wollte sich entfernen; der Prinz bat nur noch um ein kleines Weilchen, aber sie blieb keinen Augenblick länger, nur das versprach sie, am zweiten Tage wiederzukommen. Wie im Fluge durcheilte sie den Palast, erreichte das Brünnlein und zog das Festgewand aus; es war schon die höchste Zeit, daß sie wieder in der Küche erscheine. Als sie hinwegschritt, guckte wieder das Fischlein heraus, und Lada bat, es möge ihr die Kleider bewachen. Sämtliches Gesinde war schläfrig, und niemand bemerkte es, wann das Küchenmädchen heimkam.

Jeden Morgen verkündete der Kammerdiener, was für den Prinzen zum Frühstück gekocht werden solle; aber an diesem Tage kam er und sagte, der Prinz wisse selbst nicht, was er sich befehlen solle, man möge was immer zubereiten. „Ich weiß nicht, was dem Herrn begegnet ist", fügte er bei, „so heiter habe ich ihn noch nie gesehen. Er singt, er tanzt aus einem Gemache in das andere, wenn ich ihn über dies oder jenes frage, sagt er: ‚Mach, was du willst.'"

„Närrchen", sagte der Koch darauf, „vielleicht fand er gestern abend Wohlgefallen an einer Prinzessin, und heute denkt er an sie zurück?"

„Hast recht, Alter, es war dort eine Frau, aber niemand weiß, wer sie sei, und an deren Seite verblieb er die ganze Nacht."

Das Küchenmädchen putzte eben ein Geschirr und neigte das Köpfchen dazu tief herab, auf daß man nicht sehe, wie es erröte. Es stellte sich, als möchte es die Reden des Kammerdieners gar nicht beachten, indessen entging ihm kein Wörtlein. Den ganzen Tag stand es auf das emsigste dem Koche bei, um daß ihm dieser abends wieder erlaube, auf die Schau auszugehen, was er auch wirklich versprach.

Als Lada alle ihre Arbeit fertig hatte, lief sie abermals zu dem Brünnlein, warf das Pelzchen ab, zog das Gewand von der Sonnenfarbe an, warf den Schleier um und eilte in den Palast, wo man bereits tanzte. Mit dem Prinzen war den Abend über nicht zu reden, beständig sah er nur nach der Tür hin. Aber ehe er sich dessen versah, stand seine schöne Unbekannte in der Mitte der Halle wie eine Göttin. Und wieder war der Prinz selig. Die Frauen beneideten die Lada um ihre Schönheit und ihren kostbaren Putz, und die Herren beneideten den Prinzen um deren Gunst. In dieser Nacht blieb Lada um ein Weilchen länger, da sie den Bitten des schönen Prinzen nicht widerstehen konnte, welchen sie so innig liebte wie er sie. Es war schon ziemlich hell, als sie bei dem Brünnlein anlangte. Rasch entkleidete sie sich, bestreute ihr Antlitz mit Asche und eilte wie beschwingt dem Palaste zu, wo bereits alles auf den Beinen war.

„Das gefällt mir, ein andermal gehst du nirgends hin!" brummte der Koch, als sie in die Küche trat; aber sie bat ihn um Verzeihung, und der Koch, ein alter, guter Mann, vergaß bald auf seinen Zorn, als er sah, daß ihr die Arbeit wie spielend vonstatten gehe. Abermals trat der Kammerdiener in die Küche, und als der Koch fragte, was der Prinz zum Frühstück befehle, antwortete er, der Prinz werde gar nichts essen, er sitze am Ruhebette, habe die Augen geschlossen, und wenn ihn jemand nach etwas fragt, sei er schweigsam wie das Grab. „Ich weiß nicht", schloß er seine Meldung, „die Frau, die zweimal bei uns war, muß ihn wohl bezaubert haben."

Durch ihren Fleiß hatte sich Lada abermals vom Koche die Erlaubnis erwirkt, auf die Schau ausgehen zu dürfen. Diesmal zog sie bei dem Brünnlein das Gewand von der Himmelsfarbe an, das mit Diamantsternen besäet war. Der Lichtschein war so groß, daß der ganze Hain davon erleuchtet ward, und sie sah in dem Brünnlein ihre Gestalt widerstrahlen. Aber diesmal begab sie sich mit schwerem Herzen in den Palast; denn sie mußte von dem Liebling Abschied nehmen. Allerdings konnte sie sagen, wer sie sei, aber sie fürchtete die Rache des Vaters, der sie zurückverlangen könnte, und deshalb nahm sie sich vor, zu schweigen, bis sie erfahren haben würde, wie der Vater gesinnt sei und ob er bereits auf sie vergessen habe.

Hostivít war ganz zerstreut, nichts freute ihn, und selbst der alte König sah nach der Tür, wann schon die schöne Zauberin einträte, damit des Sohnes Antlitz sich aufheitere.

„Warum so traurig?" ertönte neben Hostivít eine liebliche Stimme. Wie der prächtige Morgenstern stand Lada an seiner Seite. Der alte König und viele Gäste scharten sich um sie, hießen sie willkommen und konnten nicht genug diese bezaubernde Schönheit bewundern. Diese Nacht hatten weder Lada noch der Prinz Lust zum Tanze, sie schritten zusammen von Gemach zu Gemach und sprachen leise von ihrer Liebe; und je näher es schon zum Morgen war, desto trauriger waren sie. Das allerletzte Gemach schimmerte in weißer Marmorbekleidung, ringsum standen duftige Blumen und Bäume. Dort saßen auf einem Ruhebette Lada und Hostivít und hatten Tränen in den Augen.

„Meine Lada, du Einzige, bleibe bei mir und werde mein Weib", bat der Prinz inständig.

„Bitte nicht so innig, du machst mir das Herz schwer; du weißt ja, daß ich noch nicht deine Bitte erfüllen kann. Damit du aber fest glaubest, daß auch ich dich herzlich liebe, so nimm von mir diesen Ring, mittelst dessen ich mich auf ewig mit dir verbinde."

Hostivít empfing mit innigem Danke den kostbaren Ring, dann streifte er gleichfalls einen Diamantring vom Finger und reichte ihn der Lada.

„Nun sind wir verlobt", sagte diese, „ich bin dein, du bist mein. Wer dir deinen Ring zurückbringt, diesem schenke Glauben; er wird der Bote sein, von welchem du die Meldung vernimmst, wann wir uns wiedersehen."

Noch ein Weilchen verfloß in süßem Kosen, und Lada verschwand. Umsonst lief Hostivít in das Gemach, wohin sie gegangen war, umsonst wehklagte er, Lada kam nicht zurück, und er wußte nicht, wo sie zu suchen.

Mit schwerem Herzen und weinend zog das Mädchen in dem grünen Haine das kostbare Gewand aus, legte es unter den Stein, ersuchte das Fischlein, darauf achtzugeben, und schon eilte es in dem Mäusefellpelzchen in die Küche. Den Verlobungsring hatte es am Busen verborgen.

Als es in den Palast kam, da gab es ein furchtbares Hinundherrennen; die Kammerdiener des Prinzen konnten die Köpfe verlieren, wie schnell sie die Treppen auf- und niederflogen. Da fragte Lada in der Küche, was dies zu bedeuten habe.

„Du schwärmst die ganze Nacht hindurch, und früh schläfst du ein, wohin du trittst", polterte der Koch. „Hörst du denn nicht, daß der Prinz todkrank ist? Diese Zauberin hat uns der Teufel hergeschickt. Der arme, arme Herr! Ich weiß vor lauter Besorgnis nicht, was ich zuerst in die Hand nehmen soll."

Lada war wie vom Donner gerührt und wußte nicht, was zu beginnen. Da kam ein Diener mit einem Heilgewürz herbeigerannt und befahl, man möge es sogleich für den Prinzen abkochen. Lada riß es ihm aus der Hand, und augenblicklich stand es beim Feuer. Der Diener lief fort, der Koch ebenfalls, und ehe er zurückkehrte, hatte bereits Lada den Heiltrank in einen Becher gegossen und wollte ihn hinauftragen.

„Was machst du? Kannst du nicht jemanden rufen oder auf mich warten? Wenn dich der Prinz in diesem Pelze sähe, würde ihn alles anwidern."

„Fürchtet nichts, Herr, er wird mich nicht sehen. Damit Ihr nicht die Treppe hinaufsteigen müßtet, trage ich es selbst hinauf und übergebe es dort einem Kammerdiener."

Am Wege zog sie den Ring hervor und warf ihn in den Becher; den Becher stellte sie im Vorgemache auf einen Tisch und eilte schnell wieder zurück. Dabei nahm sie sich vor, nichts zu bekennen, wenn der Prinz fragen sollte, auf welche Art der Ring in den Pokal gelangt sei. Und dazu kam es nach einer kleinen Weile.

Kaum hatte der Prinz den Gewürztrank genossen und am Boden des Bechers den Ring erblickt, brachte er den ganzen Palast in Aufruhr; die allererste Nachfrage traf selbstverständlich den Koch, ob er den Gewürztrank in den Becher gegossen habe, doch er erklärte sogleich, daß dies in seiner Abwesenheit das Küchenmädchen getan habe. Nun mußte das Küchenmädchen zum Prinzen. Es weigerte sich genug und wollte nicht gehen, aber die Diener nahmen es

unter den Armen und führten es in des Prinzen Gemach. Wie es daselbst eintrat, kniete es nieder und neigte den Kopf, damit der Prinz die Gestalt und das Antlitz nicht erkenne.

„Also du hast den Ring in den Becher getan?“ fragte der Prinz, indem er sorgfältig die kniende Dienerin betrachtete.

„Mein gnädiger Herr“, sagte Lada mit veränderter Stimme, „wohl habe ich den Gewürztrank in den Becher gegossen, aber von dem Ringe weiß ich nichts, und wenn er dort war, so muß ihn jemand ohne mein Wissen hineingeworfen haben.“

Auf diese Art leugnete Lada in einem fort, und als der Prinz durchaus kein Geständnis von ihr erzielen konnte, entließ er sie. Lada war froh, so glücklich durchgekommen zu sein, bedankte sich und eilte in die Küche, wo sie dem Herrn Koch alles berichten mußte. Aber trotz des garstigen Pelzes bemerkte doch der Prinz bei ihrem Abgange den edlen Wuchs, den schönen Gang und die kleinen Füße, wie sie eine gewöhnliche Küchenmagd nicht zu haben pflegt. Da sann er nun rastlos nach, auf welche Art er sie, ungesehen von ihr, belauschen könnte.

In jener Stadt war es Sitte, daß sich die Leute, Reiche sowohl als Geringe, sehr gern badeten. Auch in dem großen Schloßgarten gab es zweierlei Bäder: Die einen waren für die Königsfamilie bestimmt, die anderen für die königlichen Bediensteten, wo sie zweimal in der Woche, vom ersten bis zum letzten, badeten. Dieser Badehalle gedachte Hostivít zuerst, dort bot sich die beste Gelegenheit dar, das sonderbare Küchenmädchen zu belauschen. Es war eben Badetag; da verfügte sich der Prinz insgeheim in den Garten, schritt sogleich zu dem Frauenbade, bohrte dort in die Bretterwand eine Öffnung von der Größe eines Auges und ging dann wieder in sein Gemach zurück. Die Doktoren bekreuzten sich, wie einer, der am Morgen todkrank gewesen, jetzt schon wieder umhergehen könnte, Hostivít sagte ihnen aber, der wundertätige Gewürztrank habe ihn gesund gemacht, und darob hatten sie eine große Freude.

Abends, als die Badestunde da war, stahl sich der Prinz aus dem Schlosse in den Garten, ging zu dem Badehause und verbarg sich in dem dichten Gesträuche. Alle Frauen badeten früher, und die allerletzte war das Küchenmädchen, mit welchem zu dessen größter Freude keine andere baden wollte. Wie der Prinz das Küchenmädchen herannahen sah, legte er das Auge an die Wand und atmete kaum.

Lada trat in das Badehaus, und nachdem sie dieses hinter sich versperrt hatte, zog sie zuerst das Pelzchen aus und stand da im schlichten Röckchen. Dann entfernte sie das Kopftuch, wusch sich das Gesicht, und funkelnd trat der Stern auf ihrer Stirn hervor. Da konnte der Prinz nicht länger ruhig bleiben, schrie auf: „Lada, meine Lada!“ und stürzte aus seinem Verstecke hervor.

Die erschrockene Lada warf schnell den Pelz und das Kopftuch um und lief hinaus; denn sie hatte gut des Prinzen Stimme erkannt.

In der Tür trat ihr Hostivít entgegen, schloß sie in die Arme und küßte sie.

„Nun gehen wir zum Vater, Teure“, sagte Hostivít und wollte die Lada in den Palast führen, aber sie wollte nicht, indem sie sagte: „In diesem Gewande will ich vor deinen Vater nicht hintreten. Warte hier ein Weilchen, bis ich wiederkomme.“

Der Prinz wollte mancherlei einwenden, aber Lada war schon hinter dem Garten und eilte zu dem Brünnlein wie ein scheues Reh. Ihre Kleider fand sie sämtlich vor, doch der Schleier fehlte, und der kleine Hüter im Brünnlein war auch nicht da. Aber die glückliche Braut mußte den Verlust des Schleiers nicht mehr schmerzlich bedauern, weil sie ihn nicht mehr vonnöten hatte. Mit dem Bündel eilte sie zurück in ihr Kämmerlein, dort zog sie ein königliches Gewand an, und jetzt erst ging sie zu dem geliebten Prinzen, der sie zu seinem Vater führte. Wer ihr begegnete, blieb voll Verwunderung stehen, sagte es dann einem zweiten, und augenblicklich wußte es der ganze Palast, der Prinz habe die schöne Frau gefunden.

Bisher hatte Lada niemandem ihre Abkunft mitgeteilt, sie tat dies erst beim Könige. Um so lieber segnete der Vater das junge Paar.

In der Küche lief mittlerweile der Koch wie besessen herum und schimpfte fürchterlich über die Küchenmagd, weil sie so lange ausbleibe. Da kam plötzlich ein Diener herbei und meldete ihm, er solle augenblicklich zum Prinzen kommen. Also warf er hurtig die Schürze ab, erheiterte die Miene und eilte hinauf. Und er sah den König, den Prinzen und die schöne zukünftige Königin.

„Warum beherbergst du in der Küche eine so garstige, aschenbestreute Magd?“ fuhr ihn der Prinz an.

Der Koch erschrak und begann zu bitten: „Ach, mein allergnädigster König und Herr! Ich wollte sie nicht aufnehmen, aber sie bat so dringend um einen Dienst, daß ich sie nicht abweisen konnte; und dann habe ich in der ganzen Küche keine Person, die treuer, behender und fleißiger wäre als sie, an der ich nur auszustellen habe, daß sie dies

Mäusepelzchen trägt und das Gesicht stets mit Asche bestreut."

„Dein Tadel ist gerecht, und für dein Lob danke ich dir, wie auch für die freundliche Aufnahme. Alles dies will dein Küchenmädchen dir entlohnen." So sagte Lada, und der Koch fiel ihr zu Füßen und bat um Verzeihung, denn er hatte sie nach der Stimme erkannt. Lada beruhigte ihn und gab ihm einen goldgefüllten Beutel zur Belohnung. Kaum war der Koch aus dem Zimmer getreten, so wußten schon alle, wer das Mäusepelzchen gewesen sei, und wollten vor Ängsten beinahe sterben, wenn sie daran dachten, wie es mit ihnen ausfallen werde, wie sich wohl die Königin rächen werde. Aber diese dachte gar nicht an eine Rache.

Die Vermählung der Liebenden fand bald darauf statt; alsdann setzten sie sich in einen Wagen und fuhren zu dem Vater der schönen Braut, um auch von ihm den Segen zu empfangen. Beklommenen Herzens fuhr Lada in den Palast, denn ihr bangte vor des Vaters Rache. Das war aber unnütz! In derselben Nacht, wo sie aus dem Palaste verschwand, erschien die verstorbene Königin dem Könige im Traum und rügte strenge seine sündige Neigung. Von dieser Stunde an hatte sich des Königs Herz zum Besseren gewendet. Längst würde er schon nach seiner Tochter geforscht haben, hätte es ihm die Selige nicht verboten, die selber über ihr wachte.

Mit unaussprechlicher Freude empfing der König die Tochter und den Eidam und freute sich ihres Glückes.

Töpfchen, koch!

nach Karel Jaromír Erben

Irgendwo in einem Dorfe lebte eine arme Witwe und besaß eine einzige Tochter. Sie wohnten in einer alten Schaluppe mit einem durchlöcherten Strohdache und hatten am Boden einige Hennen. Die Alte pflegte zur Winterszeit in den Wald zu gehen, um daselbst dürres Reisig zu sammeln, im Sommer suchte sie Erdbeeren, und im Herbste ging sie in die Felder, um Ähren zu lesen; die Junge aber trug gewöhnlich nach der Stadt die Eier zum Verkaufe, die ihnen die Hennen gelegt hatten. Also pflegten sie sich zu ernähren.

Einmal im Sommer wurde die Alte ein wenig unwohl, und die Junge mußte selbst in den Wald Erdbeeren suchen gehen, um etwas zu essen zu haben; gewöhnlich kochten sie einen Brei daraus. Sie nahm einen Topf, ein Stück Schwarzbrot und ging. Als sie bereits den Topf voll Erdbeeren hatte, kam sie im Walde zu einem Brünnlein; bei diesem Brünnlein ließ sie sich nieder, nahm aus der Schürze das Brot und begann, ihr Mittagsmahl zu halten. Es war gerade die Mittagszeit.

Auf einmal kam da irgendein altes Weib zum Vorschein, das wie eine Bettlerin aussah und ein Töpfchen in der Hand hielt. „Ach, du mein Goldjungferchen!" hob diese Bettlerin an. „Bin ich doch gar hungrig! Seit dem gestrigen Morgen habe ich nicht einmal einen Bissen Brot im Munde gehabt. Wolltest du mir nicht ein Stückchen dieses Brotes geben?"

„Ei, warum denn nicht", gab das Mädchen zur Antwort, „meinetwegen das ganze, wenn Ihr wollt; ich werde schon nach Hause kommen können. Wird es Euch aber nicht zu hart sein?" Und sie gab derselben ihr ganzes Mittagessen.

„Vergelt es dir Gott, mein Goldjungferlein, vergelt es dir Gott! Allein weil du Mägdelein so brav bist, so muß auch ich dir etwas geben. Ich gebe dir dieses Töpfchen da, wenn du es zu Hause auf den Tisch stellst und dabei sagst: ‚Töpfchen, koch!', so wird es dir so viel Brei kochen, als du nur verlangst. Und wenn du glauben wirst, daß du schon des Breies genug hast, dann sage: ‚Töpfchen, genug!', und es hört sogleich zu kochen auf. Vergiß nur nicht, was du zu sagen hast." Nun reichte sie ihr das Töpfchen und verschwand dann plötzlich wieder, das Mädchen wußte gar nicht, wohin.

Als es nach Hause kam, erzählte es der Mutter, was ihm im Walde begegnet sei, stellte sogleich das Töpfchen auf den Tisch und sprach: „Töpfchen, koch!" Es wollte nämlich erfahren, ob die Bettlerin nicht gelogen habe. Aber augenblicklich begann am Boden des Töpfchens der Brei zu kochen, und immer und immer

nahm er zu, und ehe man noch hätte zehn zählen können, war bereits das Töpfchen voll. „Töpfchen, genug!“, und das Töpfchen hörte auf zu kochen.

Sogleich setzten sich beide hin und aßen mit Appetit; der Brei war wie Mandeln. Nachdem sie sich sattgegessen hatten, nahm die Junge ins Körbchen einige Eier und trug sie in die Stadt. Aber sie mußte dort mit ihnen lange zu Markte sitzen, man bot ihr wenig dafür, und sie verkaufte sie erst, als es wirklich schon Abend werden wollte.

Die Alte konnte sie zu Hause gar nicht erwarten, sie hätte schon gern gegessen und hatte abermals Appetit auf den Brei. Deshalb nahm sie das Töpfchen, stellte es auf den Tisch und sprach selber: „Töpfchen, koch!“ Da begann in dem Töpfchen sogleich der Brei zu kochen, und ehe sich die Alte umwandte, war schon das Töpfchen voll.

„Ich muß mir auch ein Schüsselchen und einen Löffel holen“, sprach die Alte zu sich selbst und begab sich in die Kammer. Aber als sie zurückkam, blieb sie vor Schrecken wie betäubt: Der Brei wälzte sich aus dem Töpfchen auf den Tisch, vom Tische auf die Bank, von der Bank auf den Fußboden. Die Alte vergaß, was sie sagen solle, um das Töpfchen im Kochen innehalten zu lassen. Sie sprang herzu und bedeckte das Töpfchen mit der Schüssel; so, dachte sie, würde der Brei stillstehen. Allein die Schüssel fiel zu Boden und zerbrach, und der Brei wälzte sich unaufhaltsam herunter wie ein Wildbach. Schon gab es in der Stube eine solche Menge davon, daß die Alte in die Vorkammer flüchten mußte; hier rang sie die Hände und wehklagte: „Ach, die unglückselige Dirne! Was hat sie da gebracht: Ich habe es mir sogleich gedacht, daß es nichts Gutes sein werde!"

Nach einer kleinen Weile floß bereits der Brei aus der Stube über die Türschwelle in die Vorkammer; jeden Augenblick nahm er an der Menge zu. Die Alte wußte nicht mehr, wo aus und ein und kletterte in dieser Angst auf den Dachboden und jammerte ununterbrochen darüber, was die unglückselige Dirne da gebracht habe. Unterdessen nahm der Brei immer mehr und mehr zu, und es dauerte nicht lange, so wälzte er sich schon wie eine Wolke zu Tür und Fenster hinaus auf den Dorfplatz, auf die Straße, und wer weiß, welch ein Ende dies genommen hätte, wenn nicht glücklicherweise noch zur rechten Zeit die Junge aus der Stadt zurückgekehrt wäre und ausgerufen hätte: „Töpfchen, genug!"

Aber am Dorfplatze gab es bereits einen solchen Breihügel, daß die Bauern, als sie abends von der Arbeit nach Hause fuhren, schon auf keine Weise hindurchzufahren vermochten, und so mußten sie sich, um auf die andere Seite zu kommen, durch den Brei hindurchbeißen.